ダイアナ・パーマー

シリーズロマンスの世界でもっとも売れている作家のひとり。各紙のベストセラーリストにもたびたび登場している。かつて新聞記者として締め切りに追われる多忙な毎日を経験したことから、今も精力的に執筆を続ける。大の親日家として知られており、日本の言葉と文化を学んでいる。ジョージア州在住。

◆主要登場人物

エリザベス・メリアム・ホワイト……良家の娘。愛称ベス。
クリスタル……ベスの義理の姉。
ジュード・ラングストン……テキサスの牧場主。会社経営者。
ケイティ・ラングストン……ジュードの娘。
アギー・ロペス……ラングストン家のハウスキーパー。

1

優美なジョージア朝様式の邸宅の外では、雷鳴がとどろいていたが、リビングルームでおちつきはらって立っている女は、感覚が麻痺《まひ》してしまって、雷におびえることもなかった。この二日間のことで、なにも感じなくなってしまったのだ。

その女エリザベス・メリアム・ホワイトは二十二歳だが、五十歳にでもなったような気がしていた。母親が長いあいだ病床にあったことは、それだけでもつらいことだったが、その母親の亡くなったことがこれほど心に深い痛手を残すとは思ってもいなかった。母親の死を忘れて、早く心の安らぎを取り戻したいと願っていたが、人生は虚《うつ》ろなものになっていくばかりだった。母親が亡くなったいま、ベスには頼れる者が誰《だれ》もいなかった。義理の姉のクリスタルは母親の遺産をしっかり自分のものにすると、その日のうちに、高価な香水の香りをふりまいてパリに行ってしまった。ベスとクリスタルは心を通い合わすことがなかったが、ベスは今度こそ彼女が支えになってくれるのでは、と期待していたのだった。しかしそれは、よく考えればむりなことだった。クリスタルは義理の母を見舞うこともせず、金があるんだから看護師を雇えばいいというような人間だった。

〝金がある〟ベスは泣きだしたくなった。確かに金はあったが、それも、父親が死んだあと、母親がクリスタルを連れたジョナサン・スミスと再婚して、亡父の事業の利権を譲ってしまうまでのことだった。母親はベスの名義になっているテキサスの石油会社の株が、ジュード・ラングストンの手に入らないようにする以外、金のことにはまったく無頓着《むとんじゃく》だった。

ベスはジュード・ラングストンのことを思って、ゾクッと身をふるわせた。ベスはいつもジュード・ラングストンを無情な男だと考えていた。そう思わざるをえなかったからだ――いかつくて、タフで、近づきがたかった。ジュード・ラングストンは母親の葬儀には出席しなかったが、母親の遺言書を見ているベスは、そのうちやってくるとわかっていた。母親は死ぬときも、ジュード・ラングストンを嫌っていたのだった。

ベスは大きなため息をつき、窓辺に行って、雨に打たれる木々を見た。もう十二月なので、木々はすっかり葉を落としていた。

ベスは冷たい窓ガラスに額をあて、目をつぶった。人生がこれほど寂しいものだとは、いままで思ったこともなかった。

長い二年間だった。母親は骨髄癌《がん》に侵され、放射線治療にも化学療法にも、まったくなんの反応も示さなかったのだ。そして骨髄の移植を頑固に拒みつづけた。だから死が宣告されたも同然で、ベスはくじけないよう気持ちを引き締めて、母親を看病しなければならなかった。それは簡単なことではなかった。けれどベスは母親を愛していた。そして最後に病院に収容されるまで、自分ひとりで母親のめんどうをみたのだった。クリスタルは、フランスの伯爵にのぼせていて、家に帰ってくることもなかった。母親が亡くなってから、わずかばかりの遺産を取りに戻ってきただけだった。ベスはそのとき、病院への支払いで、財産がすっかりなくなってしまったことを話した。するとクリスタルは、石油会社の株のことをたずねたのだった。

ベスは首筋をもんだ。母親を失った失意と、ほとんど眠らず食事もしていないことで、いまにも吐きそうだった。クリスタルがいうように、あの株を使えば、苦境から抜《ぬ》け出せるかもしれない。

「弁護士から知らせを受けたら、ジュード・ラングストンはすぐにわたしに会いに来るわ」ベスがいった。「あなたもあの人のことは知っているでしょう?」

「セクシーな人よ」クリスタルは夢見るような顔をしてうなずいた。「いったいなんて人なのかしら。あれだけ魅力的なんだから、女なんかよりどりみどりだっていうのに、石油と家畜と自分の赤ちゃんのことしか興味がないなんて」

「ケイティはもう赤ちゃんじゃないわ」ベスがいった。「もうすぐ十歳になるんだから」

「そうね、あなたは毎年夏に、牧場の親睦《しんぼく》会に出かけてるんだったわね。でも今年は行かなかったじゃない……」

ベスはむっとして顔をそらした。

「お母さんの世話をしなきゃならなかったのよ」

「そうだったわね。きつかったでしょう。わたしも手伝えればよかったんだけど……」クリスタルはそういって、繊細な顔をゆがめた。「ねえ、株のことはどうするつもりなの？」

「あんなもの、持ってなければよかったんだわ」ベスはにべもなくいった。「わたしはジュードに会いたいとも思わないもの。お母さんがあんなにあの株に固執しなければよかったのに」

「お母さんはジュードを憎んでたのよ」クリスタルはそういって笑った。「元気なときだって、親睦会には一度も行かなかったんだから。ジュードと顔を会わせることになるからよ。でもどうしてふたりは憎み合ってたのかしら？」

「お母さんが社交界の女性だったからよ」ベスが苦々しくいった。「社交界の女性ほどジュードが憎んでいるものはないもの。ケイティの母親もそうだったからよ。知っているでしょう。ケイティの母親はジュードが戦場にいるあいだに婚約を破棄して、ほかの男性と結婚したのよ。そのときはもうケイティを妊娠していたっていうのに。だからジュードはその恨みを、いまだに同じ世界の女性に向けるのよ。お母さんや、わたしにね。お母さんが亡くなったことで、ジュードの憎しみも消えればいいんだけど」

「あなたならなんとかうまくやれるわよ」クリスタルはそういって、ほっそりして優美な義理の妹の姿をつくづくと眺めた。

ベスにはかわいいという形容はあてはまらないが、シルバーブロンドの髪から茶色の目やクリーム色の肌にいたるまで、ハイソサエティの女性の気品をただよわせている。

「ジュードを相手にうまくやれるわけがないでしょう」ベスは弱々しい笑みを浮かべた。

「一度、お父さんとラングストン牧場に行ったとき、ジュードが拳銃《けんじゆう》を持った男をなぐり倒すのを見たことがあるわ。わたしはそのとき十四だったから、八年まえのことになるけど」

「ジュードのことを話すときは、目がきらめくのね」クリスタルがいった。「ジュードに胸をときめかせてるんじゃないの?」

「ジュードにふるえあがっているのよ」ベスはそういって、神経質そうな笑い声をあげた。

クリスタルはゆっくり首を振った。

「年のわりには純真なんだから。経験不足なんじゃないかしら」彼女はなにげなくそういったあと、肩をすくめた。「急がなきゃ。ジャックと空港で会うのよ。うまくいったら、知らせてね」

それだけだった。ベスはひとり残され、そして気持が暗くなっていった。ベスにはもう家族も親友もなかった——母親の世話をすることで、親友を作る機会もなかったのだ。

ベスはいつのまにかジュードのことを思い返していた。かれはやってくるだろう。ベスが貴重な株をすべて保有していることを知ったら、すぐにやってくることだろう。ベスの母親を相手にはどうしようもなかったが、その母親が亡くなったのだから、強硬な手段をとることだろう。母親の遺言によって、ベスは父親の株まで譲られていた。かなりの配当が得られるこの株さえ持っていれば、飢えることはないのだ。

ベスはなにもない廊下に出ると、階段に腰を下ろし、乱れたシルバーブロンドの髪をかき上げた。軽く顔に手をあて、自分をクリスタルと比較した。鼻は矢のようにまっすぐで、唇は赤くふっくらとしていて、茶色の目は魅力的なのだが、義理の姉のように美しくはないと思った。やせていて、胸も小さかった。けれどいつの日か、いい男性と知り合えて、結婚できるかもしれない。ベスはまたジュードのことを考えてしまい、そんな自分に腹を立てた。ジュードは結婚などしないのだ。ケイティの母親とのことがあったのだから。

ベスは華やかな邸宅のなかを見回した。ホワイト家が一世紀以上にわたって所有している地所の一部で、南北戦争まえに建てられたものだった。スミス家のものになって、手放さざるをえなくなるというのは、皮肉なことだった。しかし、クリスタルのいうとおり、この邸宅は売らなければならないだろう。株の配当だけでは、この邸宅を維持することはできないのだから。

ベスは疲れたようなため息をつくと、立ち上がった。荷物の整理を始めたほうがいいかもしれなかった。じっとしているよりは、なにか仕事をしているほうがよかった。ベスはこの巨大な邸宅の管理をする以外、なんの技術も身につけていない。そしてこの邸宅はもうすぐベスのものではなくなってしまうのだ。ベスはそう思うと、ヒステリックに笑いたい衝動にかられた。

とつぜんドアチャイムが鳴って、ベスはびっくりした。こんなひどい雨のなかを、訪問客が来るなどとは思ってもいなかったのだ。

ベスは鏡に顔を映してみた。髪が乱れていたが、髪を整える時間も、化粧をする時間もなかった。顔色が悪く、病人のようだった。

玄関のドアを開けたとき、ベスはゾッとしてしまった。まえに立っているのは、女なら誰しも夢に見るような男だった。背が高く、肩幅が広く、脚が長く、高価なピンストライプのスーツを身につけ、テンガロンハットをかぶり、ブーツをはき、まるで男性用のファッション雑誌の表紙から抜け出したかのようだった。けれどよく日焼けしているその顔は、石を刻みあげたように無表情なものだった。口は引き締まり、あごはいかめしい。深く落ちくぼんだ淡いグリーンの目はぎらついていた。太い眉《まゆ》はテンガロンハットからのぞいている髪と同じ、まっ黒だった。男のいかめしさに、ベスは思わずあとずさった。

「ぼくが来るのを期待していたんだろう」ジュード・ラングストンが低い声でいった。かすかにテキサスのなまりがあった。

「洪水や地震や火山の爆発を期待するように、ですけど」ベスは不安を隠すため、わざと冗談混じりにいった。ジュードをまえにすると、どうしても不安になってしまうのだ。

「どうしていらっしゃったのか、たずねるつもりもありません。母の遺言をごらんになったんでしょう？」

ジュードは荒々しくドアを閉めた。

「どこで話そうか」ジュードがいった。

ベスは自分がまだオークグローブのミス・ホワイトであることを思い出し、ジュードをリビングルームに通した。

「相変わらず、社交界の女性というわけか」ジュードがからかい、ソファに腰を下ろした。

「コーヒーをもらえるかな、ミス・ホワイト。それとも使用人は今日は働いていないのかね？」

ベスは青ざめたが、あごを突き上げ、非難の目を向けた。

「母が亡くなってまだ二日にしかならないんですよ。こんなときに皮肉をいうのはやめていただけませんか。コーヒーはございますけど、使用人はいません。もう何年もまえからいないんです。それとも、あなたがご執心の株で、わたしがかろうじて飢えをしのんでいることを、まだご存じではないのでしょうか？」

ジュードはびっくりしたような顔をしたが、ベスはもう背を向けていた。

「コーヒーを持ってきます」

ベスはジュードから離れ、冷静になろうとした。ジュードに出し抜かれないためには、冷静さを保つしかなかった。ベスがそんなことを思いながら、銀器を持って戻ったときには、ジュードは帽子とトップコートを脱いで、部屋のなかを歩き回り、暖炉の上に掛かっている母親とベスの肖像画を、不満そうに眺めていた。

ジュードはふりかえったが、ベスが重い銀器をコーヒーテーブルに置くのを見ても、手を貸そうともしなかった。彼女は腰を下ろし、コーヒーを注いで、ブラックのままジュードに手渡した。

「ぼくの好みを覚えてくれていたのは、喜ぶべきなのかな?」ジュードはそういうと、ソファにゆったりもたれ、グレーのジャージのドレスを身につけているベスの全身をつくづくと眺めた。

「カウボーイのような低い声で話すのはやめていただけませんか」ベスはもの静かな声でいい、コーヒーカップを手にした。「あなたがどういう方なのか、よく存じあげていますから」

「そのようだね」ジュードは目を細めた。

「ケイティは元気なんですか?」

ジュードは肩をすくめた。

「成長が早いよ。この夏にみんなが集まったときに、きみのことをたずねられてね」

「行けなくて残念だったわ」ベスがいった。「母の世話をしなければなりませんでしたから」

ジュードは肩をすくめて、からだをまえに乗り出した。

「ささやかな会話はそれで終わりだ」ジュードはとつぜんそういって、鋭い目をベスに向けた。「きみはぼくといっしょにサンアントニオに来るんだよ」

ベスはあえいだ。

「なんですって?」

「聞こえただろう」ジュードはコーヒーカップを置いた。「ぼくがきみの株を自分のものにするには、きみと結婚するしかないんだ。そういうことさ」

ベスは信じられないといった顔でジュードを見つめた。まさにかれらしい直接的なやり方だった。

「だめです」ベスがいった。

「いや、そうするんだ」ジュードがいった。「もう何年ものあいだ、あの株を自分のものにすることを考えて、これでようやく願いどおりになるんだからね。きみが取引に応じてくれるなら、悪いようにはしないよ」

ベスは顔をまっ赤にして、あごを突き上げた。

「そうでしょうか」冷ややかな口調でいった。「あなたはケイティ以外の誰にたいしても、気づかうようなことをなさらないじゃありませんか」

「まあ、そのとおりだがね」ジュードはそういって、ベスをじっと見つめた。「しかしきみはぼくと教会に行くことになるんだよ。きみが同意してくれないときは、縛ってでもきみを教会に連れて行くことになるだろうが」

「同意なんかするもんですか」ベスがいった。「強制されて結婚するつもりなんかありません」

「どうかな」

ジュードは立ち上がり、自信たっぷりの顔をして、目をきらめかせた。

ジュードが部屋を離れると、ベスはなすすべもない、といった感じで部屋のなかを見回した。いったいジュードはどうするつもりなのだろうか。

数分後、部屋に戻ってきたジュードは、ベスのコートとハンドバッグを手に持っていた。

「電源は切っておいたよ。不動産業者にはサンアントニオから電話をして、この屋敷を競売にかければいい。必要なものがあったら、あとで運ばせるんだね。さあ、コートを着たまえ」

ベスにはいま起こっていることが信じられなかった。緊張のあまりもたらされた幻覚にちがいないと、そう自分にいい聞かせた。ジュードはじれったくなったのか、ベスの肩にコートをかけた。そして彼女の頭をフードで包み、ハンドバッグを持たせた。

「わたしは行きません」ベスが叫んだ。

「それならこうするまでだよ」

ジュードはかがみこむと、軽々とベスを抱き上げ、雨のなかに出ていった。

2

悪夢にちがいない。一時間後、ベスはジュードの自家用セスナのコックピットで、かれの隣に座りながら、そう自分にいい聞かせた。

ジュードは飛行機の操縦をほかの者に任せることをしない男だった。なにもかも自分ですることを好んだ。そういう性格なのだ。だからこそ、いま自分でセスナを操縦し、ベスが所有している株を自分のものにしたがっているのだ。ジュードが結婚しないでいるのも、同じ理由からだった。恋をすると、なにもかも自分の思いどおりにするわけにはいかなくなるからだった。

ベスはシートにもたれ、前方の雲をぼんやりと見つめ、どうやってこの苦境から逃げ出そうかと思っていた。ジュードがそれなりの見返りをしてくれるなら、かれに株を譲るなんらかの方法も見つけられるかもしれない。そう思って、ベスは顔を輝かせた。けれどそれも、母親の遺言を思い出すまでのことだった。ベスは心のなかでうめいた。母親はそこまで考えていたのだ。遺言の指定によれば、ジュードが株を手に入れるには、ベスと結婚する以外になかった。

母親が遺言にそんなことを書いたのも、ジュードがぜったいにベスと結婚するつもりがないのを知っていたためだった。かれはベスを嫌っている。それは誰《だれ》もが知っていることだった。ジュードとベスは犬猿の仲で、ラングストン家の親睦《しんぼく》会でふたりがいるのを見ると、みんながそばに近づかないようにしていた。

二年まえの夏にあんなことがあって以来、ベスはラングストン家に近づかないようにしていた。ベスとジュードは、ケイティのことでけんかしてしまったのだ。ベスはそのときのジュードの言葉にまだ腹を立てていた。ほかの者がまわりにいるのに、ジュードはまったく気にせず、ひどいことをいったのだった。

ケイティがベスに学校でけんかしたことを話し、自分よりからだの大きな少年に勝ったと、誇らしげにいったのが発端だった。ベスはひどいことだと思い、その夜パセオ・デル・リオのレストランでの夕食会で、ジュードと席がいっしょになったとき、そのことをいった。

「ケイティが自分を守ってどこが悪いんだね」ジュードはきつい口調でそういった。「男の子が先にケイティをなぐったんだからな」

「ケイティは女の子です」ベスはそういって、ため息をついた。「それなのに、男の子のような格好をして、男の子のようにしゃべるんですから。いったいケイティになにをさせようとしていらっしゃるの」

「自分を守ることを教えているのさ」ジュードは冷ややかにいって、ウイスキーを飲んだ。

「つまり、変わった女の子になるよう教えてらっしゃるわけですね」ベスは声をひそめていった。

ジュードはこの言葉に完全に腹を立てた。顔を引き締め、目をぎらつかせてベスを見つめた。

「ケイティはぼくの娘だ」冷ややかな笑みを浮かべていった。「ケイティにとってなにがいいか、なにが悪いかは、ぼくが決める。自分を守ることもできないつつましやかな社交界の女性から、あれこれ口出ししてもらう必要はないね。ぼくの娘の育て方に意見をするきみは、いったいどういう人間なんだね。誰かの母親になる資格が、きみにあるのかね?」ジュードの声はほかのテーブルにまで聞こえ、とつぜんレストランのなかに沈黙がたれこめた。

「みんなが見ているわ」

「見させればいいじゃないか」ジュードはそういって、ベスをにらみつけた。「きみが子どもの育て方にすばらしい意見をもっているなら、みんなにも聞かせてやればいいんだ。さあ、ミス・ホワイト、ぼくの娘のふるまいについて助言をしてもらおうか」

ベスは当惑と恥ずかしさのあまりまっ青になったが、あごを突き上げてジュードを見つめ返した。

「くりかえす必要はないと思いますけど」

ベスがそういったことで、ジュードはますます腹を立てたようだった。

「すました気取り屋のくせして」そういって、テーブルをたたいた。「どうしてきみは自分の子どもを持たないんだ。自分にふさわしい男を見つけられないのか？」ジュードは冷ややかに笑い、ベスのからだをさげすむように見た。「そもそも男を見つけられないのかね？」

そして立ち上がり、テーブルを離れ、涙ぐむベスをひとりあとに残したのだった。

ベスはホテルに戻り、荷物をまとめた。それ以来ジュードに会うのは、今日が初めてだった。

「ずいぶん静かにしているんだな、ミス・ホワイー」ジュードがそうからかって、ベスをわれに返らせた。「女性らしいことだ。ぼくをなぐったり、悲鳴をあげたりすることもしなかったんだからな。そんなことは、あまりにも人間的なふるまいだとでも思っているのかね？」

ベスはあごを突き上げ、気持ちを引き締め、ジュードを見つめた。

「そんなことをいうあなたは、いったいどうなんですか？」冷ややかな笑みを浮かべていった。

ジュードは眉《まゆ》をつり上げた。

「ぼくは自分が人間的な男だといった覚えはないね」

ベスは目をそらした。

「そのことを疑っていたとしても、二年まえの夏に、はっきり思い知らされました」

ジュードは咳《せき》払いをした。

「あのとき、きみは逃げたね。逃げ出すとは思わなかったよ。以前はぼくから逃げ出したりはしなかったからな」

「逃げたんじゃありません」ベスはおちついた声で嘘《うそ》をついた。「あれ以上いつづける理由がなかったからです」

ジュードはベスを見つめた。

「ケイティのことは、ぼくは本気でいったんだ」低い声でいった。「彼女を社交界の女性にするつもりはないからね。わかったかい。きみが期待するような服は、彼女のクロゼットには一着もないよ」

「そんなこと、気になさらないでください。わたしは長くいるつもりはありませんから」

「きみはずっといるんだよ。さあ、もう黙ってくれないか」ジュードはそういって、ベスをにらんだ。

その夜遅く、ジュードの操縦するセスナはサンアントニオ空港に着陸した。ベスは疲れきっていた。空港の出口に向かい、壁に目を向けるまで、まわりの眺めにもほとんど気づかないありさまだった。壁にはいたるところに、西部を扱った売り物の絵が掛けられていた。

「まあ、きれい」広大な砂漠に位置する牧場の家と水車を描いた絵を見て、ベスがうれしそうにいった。

「さあ、行こう」

ジュードがベスの腕をつかんで引っ張った。

「文句をいわずにはいられないんですか」ベスはジュードを見上げ、にらみつけた。一五十センチの身長にハイヒールをはいた彼女より、ジュードは二十センチほど背が高かった。

「文句をいうといったら……」

ジュードは眉をつり上げ、ベスを見つめた。

「きみもまわりにいる者を批判するのをやめて、自分を見つめたらどうだね」からかうようにいった。「どうして自分が完璧《かんぺき》だと思うんだね」

ベスは自分が完璧ではないことを知っていたが、ジュードにそういわれたことで、心を傷つけられた。

「わたしはあなたと結婚したりしません」ベスが怒りをこめていった。「殺されでもしないかぎりは」

「きみを殺したら、結婚する意味がなくなってしまうじゃないか」ジュードがなにげない感じでいった。そしてベスを引っ張った。「きみもあれこれいうのはやめたほうがいいな。どっちみちきみはぼくと結婚するんだよ。このことについては、これ以上話し合う必要はない」

ふたりは肌寒い外に出た。ベスはコートの襟をかき寄せた。雨は降っていなかったが、寒いことに変わりはなかった。ふたりはジュードの黒のベンツに乗りこんだ。車の窓から見えるヤシの木は寒々としていて、カシの木もベスの家のペカンの木のように、すっかり葉を落としていた。

クルミの一種であり、果実をつけるペカンの木を思ったことで、ベスはさまざまな連想をした。考えてみれば朝からなにも口にしていない。そういえばジュードは家の電源を切ったといった。

「ひどいわ。あなたってばかよ」ベスはとつぜんそういって、ジュードに顔を向けた。「電源を切ったら、冷蔵庫まで止まってしまうじゃない」

ジュードはベスにチラッと目を向けた。

「いうにことかいて、ばかだなんて、そういういい方はないだろう。きみにはがまんできないね。冷蔵庫のなかのものが腐ったところでどうだというんだ。とにかくきみは、もうあの家で食事をすることはないんだからな」

「においが家に広がってしまうわ」

「ぼくがなんとかしてやるよ」ジュードがおちついた声でいった。「不動産業者の名前を教えてくれればいいんだ」

「オークグローブを売れだなんて、指図しないでください」ベスは売る決心をつけていたが、思わずそういった。「一世紀以上にわたって、わたしの家族が所有していたものなんですからね」

「ぼくが売れといったら、売るんだよ」ジュードはそういって、鋭い目でベスをにらんだ。

「スカーレット・オハラみたいなことをいうのはやめるんだな。土地は狭いし、家も古いじゃないか」

ベスは古い邸宅のことを思った。家族が代々その地所のなかでピクニックをしたり乗馬をしたりして、こよなく愛した土地なのだ。とつぜん、ベスは売るつもりがなくなってしまった。

「だめです」ベスはいった。「あれは家族が代々受け継いできた財産なんですからね。土地に価値がないのなら、どうしてあなたはビッグメスキートを所有なさっているのかしら？」

「あれはちがうよ」ジュードがいった。「あれはぼくのものだからな」

「オークグローブはわたしのものです」

「きみも頑固だな」ジュードは助手席に座るベスをにらんだ。「どうしてあそこが必要なんだ?」

「わたしの家だからです」ベスがいった。「あなたが良識というものを取り戻したら、わたしはあそこに戻って暮らすつもりです」

ジュードが道路の前方を見つめながらいった。

「ぼくにはあの株が必要なんだ。きみの母親はぼくが人生を賭《か》けている会社を、ぼくの手から奪おうとしていたんだからね。ほんとうはぼくのものであるはずの株を、ぼくに譲るのを拒んだから、おかげでぼくは代理戦争に巻きこまれて、どうやらいまにも負けそうなんだよ」

「代理戦争ですって?」

「役員のなかにぼくの敵がいるんだ」ジュードがいらだたしそうにいった。「陰険なやつで、票決の結果を揺り動かす力をもっている。だからぼくがきみの株を自分のものにしないことには、会社を手放さなければならなくなるんだよ」

「わたしの株を手に入れるのに、ほかに方法はないのかしら?」ベスが苦々しくいった。

ジュードはため息をついた。

「弁護士にきみの母親の遺言を徹底的に吟味させたよ。しかし見通しは明るいものじゃないね。あの遺言は、ぼくがきみから株を買うことはできないようになっている。きみがぼくに株を譲ることもできない。ぼくがあの株を自分のものにするには、きみと結婚するしかないんだよ」

そういうと、怒りのこもる熱い目をベスに向けた。

「きみと結婚しなければ、ぼくは会社を失ってしまうわけだ」

ベスは息をのんだ。

「会社があなたの問題なのね。たとえあなたがわたしの株を自分のものにする方法を見つけたとしても、わたしはあなたと結婚するつもりはありませんわ。飢え死にしたほうがまだましです」

「ふたりとも気持ちは同じだが、選択の余地はないかもしれないな」

「わたしには選択の余地があります」

「ぼくにたいしてはないよ」ジュードがおちついた声でいった。「まったくね。結婚することが必要なんだから」

「わたしはあなたが嫌いです」ジュードがひどいいい方をしたことを思い出し、ベスは吐き捨てるようにいった。「どうしてわたしがあなたに縛りつけられなければならないのか、ちゃんとした理由をひとつでもいってみてください」

「ケイティだよ」ジュードが簡潔にいった。

ベスは完全な敗北感を感じてシートにもたれ、目をつぶった。

「あなたはわたしをケイティのそばにいさせたくないんでしょう。何度もそうおっしゃいましたね。わたしがケイティをだめにするって」

ジュードは運転しながらタバコに火をつけた。

「ケイティには母親が必要なんだ」やがてそういった。「ベス、このままえきみにいわれたことを考えてみたんだよ。きみが完全に正しいと思っているわけじゃない」そういって、ベスをにらんだ。「しかし、きみの意見に耳を傾ける必要があるとも思う。ケイティが手におえなくなってきているんだ。優しい人がそばにいれば、彼女にいい影響を及ぼすかもしれない。それにケイティはきみが好きだからね」ジュードは理解できないといった感じでいった。

「もちろんわたしもケイティが好きです」ベスはもの静かな声でいった。「でも、あなたはなにを差し出してくださるのかしら。わたしの株を自分のものになさって、わたしをケイティの母親にさせようとなさっているあなたは、わたしになにを差し出してくださるんですか？」

ジュードは眉をつり上げた。

「なにが望みなんだね。ぼくと寝ることかな？」かれはそういって、まっ赤になったベスの顔をじっと見つめた。

ベスはおちつかなげに身じろぎした。

「結婚を強制しないでください」

「それはもう決まったことだよ」ジュードはそういって、タバコの煙を吐いた。「なにが望みなのかいってくれないか？　それで気がすむのなら、あの古ぼけた邸宅を維持してやって、きみとケイティを夏にあそこで暮らさせてやってもいいがね」

ベスはジュードの横顔を探るように見た。

「ほんとうに？」

「ああ」

ベスは唇を噛《か》みしめた。

「結婚をして、すぐに離婚することはできないのかしら？」

「ケイティのことを考えたら、そんなことができるはずもないだろう」

ベスはため息をついた。

「ええ」

「そういうことだよ。ケイティはきみが来るのを大喜びしているんだ。頭がおかしくなったんじゃないかと思うほどね」ジュードがいった。「もう話してあるんだよ」そういって、冷たい目をベスに向けた。「おたがいに結婚する意思があるかどうかを確かめるために、きみがやってくるとね」

「あなたがわたしと結婚なさりたいだなんて、ケイティもそんなことを思うはずがありません」

「どうかな」ジュードはかすかな笑みを口もとに浮かべた。「ぼくがきみをひそかに愛していて、結婚できることを願っていると、ケイティにはいってあるんだよ」

「あなたって人は……」

「やめるんだね」ジュードがいった。「ベス、いつものきみのようにレディらしくふるまうんだよ」

「悪魔だって、こんなことまではしません」ベスがいった。「ああ、ジュード、家へ帰らせてください」訴えるようにいった。「疲れていて、あなたといい争う力もないんですから」

「じゃあ、おとなしくするんだね。きみに勝ち目はないんだから」

ベスはため息をついた。そしてジュードから顔をそむけ、地平線にまで広がるサンアントニオの郊外の景色を窓から眺めた。家から遠く離れてしまったことを思ったとき、ベスの頬《ほお》に涙が流れた。母親から遠く離れてしまったのだ。彼女は肩をふるわせて涙をこぼし続けた。

「泣くのはやめるんだ」ジュードがいった。

ベスは首を振り、涙をこらえようとした。

「母を愛していたんです」ふるえる声でいった。「まだ二日しかたっていないんですよ

「……」

「泣いたところで、母親が生き返るわけでもないだろう」ジュードがいらだたしそうにいった。「それとも、あんな母親でも生き返ってもらいたいとでも思うのか?」

ベスは身じろぎした。ジュードは悲痛というものを感じたことがないから理解できないのだろう、と思った。ジュードの母親はかれが幼いころに亡くなり、彼の父親は感情をおもてに出すことのない男だった。ジュードよりも近寄りがたく、いかめしかった。ジュードはそんな父親に似たのだろう。

ベスは涙を手でぬぐって、深いため息をついた。

「あなたのような冷酷な人といっしょに暮らしたくはありません」そういった。「あなたは……あなたは、血も涙もない人なんですから」

「しかしきみは、ぼくといっしょに暮らすことになるんだよ。ケイティのためにね」ジュードはそういって、また道路に目を向けた。

「わたしは逃げます」

「それなら、あとを追って、連れ戻すまでだよ」ジュードはなにげない感じでいった。

「ジュード」

「七年まえの夏のことを覚えているかね?」ジュードがそういって、含み笑いをした。

「きみはジェス・バウマンと林のなかに入りこんでしまい、ぼくはひと晩じゅう馬に乗ってきみを捜したんだ。きみは足首をねんざして、ジェスの上着をまとっていた。ジェスは道路まで行って、車を停《と》めようとしていた」

「はっきりと覚えているわ」ベスはそういって、ゾクッと身をふるわせた。「あなたはジェスをなぐったんです」

「腹が立ったから、なぐったんだ。ジェスはきみをひとり残して道路に行ったんだからな。林のなかにはガラガラ蛇がいるというのに」

「ジェスにはわたしを運べなかったんです」

「ぼくだってそうさ」ジュードがいった。「いまほど体重もなかったからね。あれはエリーゼが死んで、ぼくがケイティを引き取るまえの夏のことだった。きみが牧場に長く滞在したのは、あれが最後だったよ。きみはあれからぼくを避けるようになったんだ」

ベスは記憶をよみがえらせ、頬が熱くなるのを感じた。あの遠い昔の夜、あるものを感じ取って、それがそれ以来心にとりついているのだった。それが怖いあまりに、ときどきケイティに会いに行く以外は、できるだけ牧場を避けるようになってしまった。もちろん親睦会には顔を出してはいたが。

「どうして牧場に長く滞在しなくなったんだね?」ジュードがもの静かな声でたずねた。

「ぼくたちは確かに考え方がちがうが、ぼくはきみを傷つけたことはないんだがね」

それはほんとうのことだった。ベスはひざの上で組んだ手をじっと見つめた。

「さあ」

ジュードは眉をつり上げた。

「ぼくにくどかれるのが怖かったのかね？」

ベスが顔を赤らめ、ジュードは頭をのけぞらせて笑った。

「きみは十五だったな」ジュードはそういって、含み笑いをした。「そしてきみは、いまよりもまだ、男の目を引きつけることがなかったんだ」

ジュードに小さな胸のふくらみを見つめられて、ベスは窓から飛び出したい心境になった。彼女は自分を守るかのように両腕で胸を隠した。困惑のあまり、泣きたくなった。

「頼むから、泣いたりしないでくれよ」ジュードが低い声でいった。「きみに魅力を感じる男もいるだろうが、ぼくはまったく魅力を感じないね」

本気でいったのだろうか。ベスはぼんやりとそう思った。本気でいったのなら、ひどい言葉だった。

「ずいぶんないい方をなさるんですのね」ベスが冷ややかにいった。

「きみにもそれなりのよさはあるよ」ジュードがからかうようにいった。

ベスがからだの向きを変えてジュードをにらむと、かれは彼女の怒った顔を見て笑った。

「きみは怒るとすっかり変わってしまうんだな」皮肉をこめていった。「目がぎらついて、爪《つめ》でひっかかれそうだよ。いつものクールさも、怒るとなくなってしまうわけだ」

ベスはなんとか気を取りなおし、おちついた目でジュードを見つめた。

「レディになるよう、母にしつけられたからです」

「そのようだな」ジュードが冷ややかにいった。「レディなんかじゃなく、女になるようしつけられていたら、人生がもっと胸のときめくものになっていただろうよ」

3

ハウスキーパーのアギー・ロペスがガウンをまとい、あくびをしながらふたりを迎えた。

「ベスの部屋の準備はできているかね？」ジュードがたずねた。

「はい、セニョール・ラングストン」アギーはそういうと、笑顔をベスに向けた。「なにかお口になさりたいでしょう、セニョリータ。お部屋にご案内したら、なにか食べ物を持ってまいりますね。お嬢さまはついさっき休まれたばかりなんです。とても興奮なさってましたよ」

「でも、もう真夜中を過ぎているんですよ」ベスがいった。

「さあ」ジュードが鋭い目でベスをにらみながらいった。「ケイティが休む時間について、なにかいいたいことがあるなら、遠慮せずにいってみたまえ。きみはなにもかもに不満があるんだろう」

ベスはジュードをにらみ返した。

「子どもは早く休ませなければいけないんです」そういった。「休むことといったら……」

「どうかしたのかね？」ジュードが口を挟んだ。

「一日でもいいから、なんの口出しもなさらずに、わたしをゆっくり休ませてくださったら、文句としていいたいことをリストに書きます」

アギーは二階に通じる階段の下に立ち、口をぽっかり開けてふたりを見つめていた。

「ほんとうに……その……結婚なさるんですか？」

「これは愛の闘いなのよ」ベスはアギーにそういい、ジュードに顔を向けてこわばった笑みを浮かべた。「ジュードはわたしの株を愛していて、わたしはジュードの子どもを愛しているんですもの」

ジュードはなにかブツブツつぶやいて、書斎に入っていった。ドアが大きな音をたてて閉められた。

アギーは身を縮めた。

「ご主人様は、そのうち家の窓ガラスを全部割っておしまいになりますよ」そういって、ため息をついた。「わたしが口出しすることじゃありませんけど、あなたはとてもしあわせな花嫁には見えませんね」

「わたしは花嫁になんかなりたくないの」ベスがつぶやいた。「ジュードはわたしを花嫁にしようとしているけど」

「やっぱり」アギーはため息をつき、首を振った。「どうしてお断りにならなかったのかは、たずねるつもりはありません。わたしはここで働くようになって六カ月になりますけど、ご主人様が他人の意見に耳を傾けるのを見たことがありませんから。昔からご主人様をご存じなんですか?」

「ええ、そうよ」ベスはそういって、アギーのあとにつづいて階段を上った。

「それなら、ご主人様のことで、もうお話しする必要はありませんね」アギーがもの静かな声でいった。ベスが牧場に滞在するときに、いつも利用する部屋のまえに来ると、おもむろにアギーはベスに目を向けた。「お母様がお亡くなりになったと聞いていますが、お気の毒ですわ」

ベスの目に涙がにじみ、唇がふるえた。

「そうなのよ」

アギーは衝動的にベスに腕をかけた。

「セニョリータ、つらいこともいつか忘れられますよ。わたしもずいぶんまえに母を亡くしたんです。心の痛手を忘れてしまったわけじゃありませんけど、時間というものは慈悲深いものですよ」

ベスはうなずき、笑みを浮かべようとした。

「さあ、お部屋にお入りになってください。いらっしゃるのをお聞きになってから、ケイティさまが模様替えをなさったんですよ」

アギーはベスを広々とした部屋に通した。

「きれいだわ」ベスがいった。

「気に入ってくれてよかったわ」つづきの部屋からうれしそうな声がした。

ベスは目を輝かせた。

「ケイティ」そういって、腕を広げた。

ケイティが笑いながらベスの腕のなかに飛びこんだ。彼女は父親によく似ていた。髪が黒く、目は淡いグリーン、あごが角ばっている。もうベスの肩に届くほどの身長があった。

「いいにおいがする」ケイティがベスからからだを離し、じっと見つめていった。「花のようなにおいだわ。ベスはいつもいいにおいがするのね」

「そう思ってくれてうれしいわ」ベスがにっこり笑っていった。「学校はどうなの？」

ケイティは顔をしかめた。

「数学と文法が嫌いよ。でも楽団は気に入ってるわ。わたし、フルートを吹いてるのよ。コーラスも好きだし、絵の授業も気に入ってるわ」

「あなたのフルートを聞いてみたいわね」ベスがいった。「あなたはこれまでで最高の歓迎をしてくれたのよ」

「パパとはうまくいってるの？」ケイティが笑みを浮かべていった。「聞いてるのよ」

ベスは頬《ほお》を赤らめた。

「わたしたちは、その、少し意見が合わないのよ」

「ふたりは性格的に少し一致しないのよ」ケイティがアギーに目を向けていった。「パパは命令するのが好きで、ベスは命令されるのが嫌いなの」

「ねえ、ケイティ……」

「わかってるわ。他人のことに口を突っこまないでっていうんでしょう」ケイティはそういって、ため息をついた。そして眉《まゆ》をつり上げた。「でもあなたはわたしのママになるんだから、もう他人じゃないわ。そうでしょう?」

そういわれたとたん、ベスの目に涙がにじんだ。

「ああ、ごめんなさい」ケイティがあわてていった。「ごめんなさい。忘れてたのよ」

「だいじょうぶよ」ベスはそういって、涙をぬぐった。「まだ二日しかたっていないから。わたしは母をとても愛していたのよ」

「わたしはママのことをなにも知らないわ」ケイティがいった。「でもパパの話だと、わたしのママはどうしようもないあばずれ……」

「おやめなさい」アギーが険しい顔をしていった。「そんなことをいうもんじゃありませんよ」

ケイティは口をとがらせた。

「パパはよくいってるわ」

「ええ。でもあなたはお母さんのことを悪くいっちゃいけないわ」ベスが優しくいった。

「それに、レディはそんな言葉を使うものじゃないわよ」

ケイティはとまどった目でベスを見つめた。

「なんですって？」

「あした、牧場を案内してね」いまはこの話はしないでおこうと思い、ベスはあわててそういった。「まえにここへ来てから、一年以上たっているんですもの。いろいろ変わっていると思うわ」

「いいわよ。パパに案内してもらいたくないんなら、わたしが案内してあげるわ」

ケイティはベスをじっと見つめた。その見つめ方から、父親の話に嘘《うそ》があるとケイティが思っていることを、ベスは知った。

「あなたのお父様には、そのあとで案内してもらうわ」ベスがいった。「さあ、もう寝なさい。わたしは眠くてたまらないわ」

「お荷物はどこにあるんですか、セニョリータ？　わたしがお荷物の整理をいたしますけど」

「身につけているものしかないのよ」ベスはそういって、コートを脱いだ。「ジュードがなにも持たせてくれなかったの」

アギーは眉をひそめた。

「わたしのガウンでよろしかったら、お貸ししましょう。男って、どうして気が利かないんでしょうね」

ケイティがベスを探るように見た。

「どうしてスーツケースも持ってこなかったの？」

「あなたのお父様に抱き上げられて、そのまま連れ出されてしまったからよ」

ケイティは笑いたくなるのをこらえようとした。

「おやすみなさい、ベス」そういうと、すぐに自分の部屋に戻って、ドアを閉めた。たちまち、ヒステリックな笑い声が聞こえた。

翌日、ケイティといっしょに歩くまで、ベスはビッグメスキートがどれほど大きなものであるかを、すっかり忘れていた。ベスが大好きなこの屋敷は、ビクトリア様式の古めかしいもので、木造ながら小塔まで備わっている。白く輝いていることからも、ジュードが数カ月まえに塗りなおさせたとわかった。

「ずいぶんまえの夏に、玄関ポーチのブランコによく乗ったことを覚えているわ」

ベスは前庭の木につるされたブランコに乗り、屋敷を見つめたときのことを思い出し、夢見るような顔をした。

「パパとよくいっしょに遊んだの？」ケイティが目を輝かせてたずねた。

「いいえ」ベスは笑った。「あなたのお父さまは、わたしがまだ十代のころに、もう一人前のおとなだったんですもの。あのころはほとんど会うこともなかったわ。大学に行ってらしたし、そのあとは従軍されたのよ」

「わたしも戦争のことはよく知ってるわ」ケイティが真面目《まじめ》な顔をしていった。「パパはその戦争でひどい……」

「ケイティさま」アギーが玄関からケイティを呼んだ。「お友だちのディーンさまからお電話ですよ」

「わかったわ、アギー」ケイティはそういって、木の下を離れた。「ディーンはいちばんのお友だちなの。早く電話に出てあげなきゃ」

「ゆっくり電話してらっしゃい。わたしはぶらぶら歩いて、家畜でも見ているから」

「囲いにはあまり近づかないでね。ブランケットがいるから」

「ブランケットって、牛のことかしら?」

「いいえ、馬よ」ケイティは笑った。「人を見たら、突っかかってくるのよ」

「気をつけるわ」

ケイティが屋敷のなかに駆けこむと、ベスはきのうと同じジャージのドレスを着て、庭を歩き回った。寒さをしのぐために、ジュードのウインドブレーカーをまとっていたが、ジュードのものなのに心地よいのが、どうにも気に入らなかった。そんなふうに思うのを、やめなければならなかった。自分がジュードからどんな影響を受けているかを知られないように。

ベスがそんなふうにジュードのことを考えていると、かれが端綱を持って納屋からあらわれ、まっすぐブランケットのいるところに向かった。

ベスはフェンスに登って、からだをまえに乗り出した。

「その馬に乗るおつもりなの?」ベスがいった。「落馬しないでくださいね」

「いや、この馬に乗るつもりはないよ」ジュードがいった。「この端綱をつけて、バンディに引かせるつもりなんだから」

ベスはジュードがブランケットに近づくのを眺めた。かれはゆっくりブランケットに近づきながら、ケイティを相手にするとき以外、ベスが聞いたこともないような優しい口調で、しきりにブランケットに話しかけていた。ブランケットをなだめながら少しずつ近づくと、ジュードはブランケットの黒いたてがみに端綱をつけ、しっかりと固定した。寒さではなく、神経質なせいでふるえているブランケットにたいし、ジュードはたてがみを優しく撫《な》でつづけた。

ベスはなにもいわなかった。いうことができなかった。もしなにかをいって、ブランケットを興奮させたら、ジュードはベスに突っかかってくるだろう。それにジュードも、バンディという小柄なカウボーイが来るまで、用心深くベスに目を向けていた。

ジュードはカウボーイに馬を渡してから、フェンスを乗り越えて、ベスのそばに立った。

「ブランケットを信用するんじゃないぞ、バンディ」ジュードがそういって、タバコに火をつけた。「ブランケットは女みたいな馬だからな。神経質なんだ」

ベスはあごを突き上げた。顔にふりかからないよう髪をアップにまとめているので、革のウインドブレーカーを着ていても、シックでエレガントだった。

「それをどこで見つけたんだ?」ジュードがウインドブレーカーを指さしていった。

「アギーが見つけてくれたんです」ベスはそういった。「あなたは荷物をまとめることもさせてくださらなかったんですから」

「きみには大きすぎるよ」

「暖かいわ」ベスがいい返した。「でも、返せとおっしゃるのなら……」

「ジャンヌ・ダルクを気取るのはやめるんだな」ジュードは低い声でいい、グリーンの目でベスをにらんだ。「古いものだよ。ぼくが戦場にいたときに使っていたものなんだから」

いやな思い出をよみがえらせるものなのだろうと思い、ベスは罪悪感を覚えた。そして視線をそらし、ブランケットを引いて歩いているカウボーイに目を向けた。

「今朝のきみはおとなしいんだな」ジュードがいった。「結婚に抵抗するのはもうやめたのかね?」

「ケイティが興奮していました」

「ああ。そのことはきみに話してあっただろう」

ベスはジュードを見つめた。

「わたしはあなたが大嫌いなんです、ジュード・ラングストン」

かれはタバコの煙を吐いて、口もとを引き締めた。

「がっかりさせられるね」しばらくしてそういい、目をきらめかせた。「ひそかにぼくに愛情を寄せてくれていると思っていたんだが」

「あなたの夢を壊してごめんなさい」ベスがいった。「わたしはあなたよりもガラガラ蛇のほうが、まだ好きです」

ジュードは含み笑いをして、冷たい目でベスのほっそりしたからだを眺めた。

「きみは幸運だよ。きみはか弱すぎて、セックスもできないからな」

思いがけず大胆なことをいわれたため、ベスはびっくりして、頬を赤らめた。

「ぼくはセックスがどういうものなのか、よく知っているんでね」

「わたしはなにもいってません」

「しかし考えていたんだろう?」かれはそういって、からかうように笑みを浮かべた。

「ぼくはケイティをキャベツ畑で見つけたわけじゃないからね」

ベスはジュードから目をそらした。こういう会話はいやだった。セックスについては、本で読んだこと以外、ほとんどなにも知らないのだから。そしてとりわけジュード・ラングストンからは、この種のことは学びたくなかった。

「ケイティはどうしているんだ?」しばらくして、ジュードがたずねた。「姿を見かけないが」

「友だちのディーンから電話がかかってきたんです」

ジュードは顔をしかめた。

「ディーンは都会から来た子なんだ。年のわりにはおとなびている。ケイティがディーンとつきあうのをやめてくれればいいんだが」

「どうしてですか? ディーンがドレスを着ているからですか?」ベスがたずねた。「ケイティが大きくなったら、この牧場を経営させるおつもりなの?」

ジュードがじっと見つめるので、ベスは視線をそらした。ベスにはかれの鋭い視線にたちむかうことができなかった。

「ケイティが男ならよかったのにと、ときどき思うことがあるよ」ジュードはそういって、ベスを驚かせた。「しかしそのことで、ケイティをとがめることはできないな」

「ケイティはもう十歳なんですよ」

ベスがいった。

「きれいなドレスを着て、パーティに出席して、男の子に誘われる年ごろです。ケイティがおてんばすぎて、そういうものに縁がなくなったら、悲しいことになるんじゃないかしら？」

ジュードはベスをにらみ、タバコを投げ捨てた。

「よけいな口出しはしないことだな。花でも生けたらどうだ。きみはそういうことが得意なんだろう」

ベスは涙ぐみ、ジュードに背を向けて屋敷に戻りはじめた。甲高い口笛がして、彼女は立ち止まってふりかえった。

「なんですか？」

「街に行って、服を買ってきたまえ。ジョスクデパートにきみの口座を開いてあるよ」

「わたしは服なんていりませんから、けっこうです」

「好きなようにすればいいさ」ジュードがなにげない感じでいった。「スリップ姿で結婚したいのなら、そうすればいい。ぼくの知ったことじゃないからね」

「わたしはあなたと結婚するつもりはありません」

「だが、きみの株を手に入れる別の方法が見つからないかぎり、きみはぼくと結婚するんだよ」

そういわれたとたん、ベスはかがみこんで石を拾い、ジュードに向かって投げつけた。けれどジュードはたくみに身をかわした。

その週末には、ベスの母の遺言に逃げ道のないことが、悲しくも明らかになっていた。ジュードは金曜の朝、ベスをしばりつけて蒸し焼きにしたがっているような顔をして、彼女のまえにあらわれた。そしてベスを書斎に呼び、ドアを閉ざした。

「結婚する以外に方法はないよ」

ジュードが簡潔にいった。

「きみの母親が正気を失っていたことが証明されないかぎり、きみの母親の遺言にそむくことはできないんだ。きみの家の弁護士は、きみの母親が正気を失ってなんかいなかったことを、よく知っているしね」

「ええ」ベスはため息をついた。「母は死ぬまで気は確かでしたわ」

ジュードは窓辺のテーブルに置いてあった本を取り上げ、思い切りテーブルにたたきつけた。

「ああ、なんてことだ。ぼくは結婚なんかしたくないのに」そういって、ベスをにらみつけた。

「わたしを非難しないでください」ベスがいい返した。「わたしが結婚を求めたわけではありません。こんなことは、すぐに忘れてしまいたいと思っているんですから」

「ぼくもだよ。しかしぼくは、あの株をすぐに自分のものにしなきゃならないんだ。もういくらいっても、むだだからね」そういって、スラックスのポケットに手を突っこんだ。

「ぼくはこれから式のことで神父と話してくる。結婚式はサン・ホセ教会で行なうつもりだ。いいね？」

「教会でするんですね？」ベスは少し目を輝かせた。「すてきだわ」

「じゃあ、結婚することに同意してくれるんだね？」ジュードがもの静かな声でたずねた。

ベスの返事を聞きたがっているようだった。

「わたしにはあまり選択権がないようですね」ベスはそういった。「それにあなたのおっしゃるように、ケイティのそばには女性が必要です。わたしにもケイティが必要です。母が亡くなって、愛せる者が誰《だれ》もいなくなってしまったんですもの」ベスは涙が流れそうになるのをこらえた。「ケイティしか愛せる者がいないんですから」

ジュードは顔をそむけた。ベスが感情をあらわにしたことで、不快になっているようだった。

「きみは印刷所に行って、招待状を発送させたほうがいいな。招待客のリストを秘書に作らせるよ」そういってから、ベスに目を向けた。「きみは義理の姉を招待したいのかね？」

「いいえ」ベスは考えもせずにいった。

ジュードは笑った。

「そうだろうと思っていたよ。しかし結婚を知らせることくらいはしておいたほうがいいんじゃないのか？　ただひとりの家族だろう？」

「ええ」

何週間もたってから知らせようと、ベスは思った。

ジュードがベスをじっと見つめた。

「きみはクリスタルが好きじゃないんだね？」

「あなただって、クリスタルをよくお知りになれば、とても好きにはなれないはずです」

ベスは苦々しい皮肉をこめていった。

「クリスタルは自分がしあわせになることしか考えない人なんです。でも男性はそういうところは気がつかないんでしょうね」

「そうだな」ジュードがいった。「男は忙しすぎるから、女のことにまで気がまわらないのさ」そういって、ベスの全身をじろじろ眺めた。「クリスタルがそばに立つと、きみはかすんでしまうな」

その言葉に、ベスはひどく傷つけられた。そして冷ややかな笑みを浮かべると、ジュードに背を向け、書斎から出ていこうとした。

「きみはプライドが高いんだ」ジュードがいった。「いつも気取った見せかけをしている。その気取りがなくなることはないのかね？　男とベッドを共にしても、そういう態度をとるんだろうな……」

「やめてください」ベスは吐き捨てるようにいって、ジュードをにらみつけた。「そんなこと、あなたの知ったことじゃないでしょう」

ジュードはベスの目におびえを見て笑った。

「安心しろよ、ベス。ぼくはきみにほれているわけじゃないんだ。結婚しても、夫婦生活をもつつもりはないよ」

「よかった」ベスはそうつぶやき、赤くなった顔をジュードに見せないようにして、書斎のドアを開けた。

「きみが情熱の炎を燃やすなんて、想像もつかないからね」ジュードが考え深げにいった。

「どうやら生まれつき不感症の女もいるようだ」


二日後、ベスとケイティはサンアントニオの街に行った。ジュードがベスのために口座を開いた〈ジョスク〉は町でいちばんのデパートで、すばらしいドレスや装身具をふんだんにそろえていた。ベスはこの機会を利用して、はしいものを買うことにした。ケイティは退屈しているようで、車を運転してくれたバンディといっしょに駐車場で待っているといった。

「でも、あなたに手伝ってもらいたいのよ」ベスがいった。「あなたもドレスアップしなきゃならないのよ。ともかくあなたは、花嫁の付き添い役を務めるんですからね」

その言葉に、ケイティは好奇心をかきたてられたようだったが、ベスがまだ婦人服売場を半分も眺めないうちに、あきてしまったらしかった。

やがて、女店員がメキシコふうのドレスを勧めた。襟と袖口《そで》と裾《すそ》に手編みのレースがほどこされた、薄い白のドレスだった。デリケートなもので、完璧《かんぺき》だった。ベスが試着してポーズをとってみると、ケイティは息をのんだ。

「とてもきれいだわ、ベス」

「ありがとう、ケイティ。さあ、今度はあなたのドレスを見つけなきゃ」

ケイティはいやがったが、ベスも負けてはいなかった。やがてケイティは早くデパートを離れたいがために、フリルのついたブルーのドレスを選んだ。ベスはそのドレスに合うビロードのリボン、白の靴とハンドバッグと手袋を買ってやった。

「みんながわたしを見て笑うわよ」ケイティが不満そうにいった。

「教会では誰も笑ったりしないわ」ベスはそういって、ケイティを安心させた。「それに結婚式は古い教会で行われるのよ」

「ほんとうなの?」

「あなたのお父さまはそうおっしゃってたわ」

「それなら、あまりひどくはないかもしれないわね」

それならいいんだけど、とベスは思った。ベスは自分とジュードがうまくやっていけるとは思ってもいなかった。ふたりが対立して暮らすことで、ケイティはどんな反応を示すだろうか。けれど奇妙なことに、ケイティはベスと父親が対立していることを、むしろおもしろがっているようだった。

「なにを買ったんだね?」ジュードはその日の午後、理事を務めている大学の予算会議から戻ってくると、ベスにそうたずねた。

「白のメキシコふうのドレスよ」ベスが答えるよりも先にケイティがいった。「それにわたしはブルーのドレスを着なきゃならないの。レースがついてるのよ」うんざりしたようにいった。「ジーンズにブーツじゃいけないの?」

「残念ながら、だめだね」ジュードがいった。「しかし式が終わったら、いつでもジーンズとブーツを身につけられるよ」

「そうね」ケイティはテーブルから離れた。「宿題をしなきゃならなかったんだわ。わたし、学校なんて大嫌いよ。やめることはできないの?」

「だめだね」ジュードがいった。「おまえが十八になるか、卒業証書を手に入れるかするまではね」

ケイティは舌を突き出し、二階に行った。

「ドレスを見せてくれないか?」意外にもジュードがそういった。

「いま持ってきます」

「着てくるんだ」

ベスはジュードをにらんだ。

「縁起でもない」

ジュードは大きなため息をついた。

「ぼくはきみと結婚しなきゃならないんだよ」

ベスがドレスを持って戻ってきたとき、ジュードはまだコーヒーを飲んでいた。ベスはドレスを差し出し、冷たい目をしているかれに見せた。

「白なのか？」鋭い目をベスに向けて、ジュードがいった。

ベスはあごを突き上げた。

「最近ではどんな色のものでもいいことは知っていますけど、べつにわたしが白のドレスを身につけてもかまわないでしょう？」

ジュードは少し眉をひそめ、探るようにベスを見た。

「きみは処女なのか？」

「驚かなくてもいいでしょう」ベスは冷ややかにいった。「いまの時代でも、わたしの年で処女の女は、まだ何人かはいるはずです」

「そのことを知っておくべきだったな」ジュードはそういって、ため息をついた。「きみはいやになるほど自分を抑えているんだな」

「あなただってそうじゃありませんか」ベスは冷ややかな目でジュードを見た。「わたしはあなたと寝なくていいので、ホッとしているんですから」

ベスはふりかえって立ち去ろうとしたが、それより早くジュードが立ち上がった。ベスの腕をつかんでふりかえらせ、力を入れて引っ張って、彼女のからだを引き寄せた。ジュードの淡いグリーンの目がベスの目をじっと見つめた。

「言葉には気をつけるんだな」

「手を放してください」

「きみがぼくを怒らせたんだ」ジュードがいった。

「あなたが先にいいだしたんじゃありませんか」ベスがドレスを片手でつかんでいった。

ジュードは大きなため息をつき、手の力を少しゆるめた。

「そうだったな」そういって、しばらくベスの顔を見つめた。「きみにはいつも腹を立てさせられるよ」

「わたしと結婚するくらいなら、死ぬほうがましだと思ってらっしゃるんじゃありませんか？」ベスがはりつめた声でいった。「わたしも同じ気持ちです。でもケイティのことを考えると、なんとかがまんするしかないでしょう？」

「そうだな」ジュードがいった。

「わたしとでも、うまくやっていけるんですか？」

「問題があるよ」ジュードは自分がつかんでいるベスの腕を魅せられたように見つめ、そっと撫で下ろしてそのぬくもりを感じると、眉をひそめた。「きみはやせている」

「やせているのがはやりなんです」ベスはジュードに腕を撫でられたことで心を乱し、はりつめた声でいった。

「そして女はセックスを求めている」ジュードがベスの目を見つめていった。「しかしきみはその点については流行を追ってはいない」ジュードはベスの腕を放した。「率直にいって、ぼくにはどうでもいいことだよ。きみが純潔を守ろうが、誰かに処女を与えようがね。どうでもいいことだ」

「冷たい人なんですね、ミスター・ラングストン。あなたには血も涙もないんですね」

「自制心が強いだけだよ」ジュードがなにげない感じでいった。「ところで、ケイティが八時に寝るのをいやがっているんだがね」

ケイティの就寝時間が変わったことに、ジュードは気づいているようだった。

「わたしにもそういいましたわ」

「それでもケイティは八時に寝ているようだな」

「あなたがまえにおっしゃったように、ケイティはわたしが好きなんです」

ジュードはなにかいおうとしたが、ベスがにらんだので、気持ちを変えたようだった。

「なにか飲むかね？」

「わたしは……」

「飲みたくないわけか」ジュードはそういって、ベスに目を向けた。「そのことを覚えておくべきだったな。酒は飲まない、セックスはしない、悪い習慣ももっていない……聖人さながらじゃないか」

ジュードは書斎に入り、ドアを閉めた。

ベスは自分がなにをしているかも意識しないまま、廊下にあった小さな鉢を取り上げ、ドアに投げつけた。大きな音をたて、鉢はこなごなに砕けた。

ジュードがドアを開けてベスをにらみ、磨きぬかれた床に目を向けた。そして眉をつり上げた。

「花でも植えるつもりか？　まだ春にもなっていないし、家のなかに植えるのは感心しないね」

「それくらいわかっています」ベスはそういい返して、ジュードを見つめた。

そしてウェディングドレスを階段の手すりに掛けると、割れた鉢を拾いはじめた。

ジュードがかがみこんで手伝おうとしたことで、ふたりの頭がぶつかった。ジュードはベスがうしろに倒れこまないよう、彼女の肩をつかんで支えた。ベスは怒ったジュードの目をまじまじと見つめた。

ベスはジュードの息が口にあたるのを感じた。かれはそれほどベスの近くにいた。ジュードはベスを探るように見つめながら、両手の親指を動かして、彼女の肩の柔らかい箇所に這《は》わせた。

ジュードはそうしながら、ベスの唇を見つめ、自分の口を開けた。ベスは、ジュードのきれいに並んだ歯と、上唇の上に生えはじめているひげを見ることができた。ジュードの息を感じ、その唇が近づいているのを知ると、なぜか胸がときめいてしまった。長いあいだ、ほんとうに長いあいだ、ベスはジュードにキスをされたらどんな気分になるだろうかと思っていたのだった。恐れる気持ちもあったが、期待する気持ちのほうが強かった。

けれどジュードがベスに唇を重ねようとしたまさにそのとき、階段の上からケイティの声がした。

「ねえ、いったいなにがあったの？」

ジュードはなぐられでもしたかのように、急にからだを引っこめた。ベスはジュードに背を向けて、ウェディングドレスを手にした。からだがふるえ、頭のなかが混乱していた。自分自身の反応に、やりきれない思いをしていた。

「おまえの母親になる人が花を植えようとしていたんだよ」ジュードが皮肉をこめていった。

そしてベスをにらんだあと、背を向けて書斎のなかに入った。まるでなにもかもがベスのせいだといわんばかりに。

翌日、ベスはジュードに近づかないようにしていたが、かれはずっと家にいて、彼女に非難の目を向けつづけた。ベスはかれから簡単に逃れられないことはわかっていたが、それでもきのうのようなことにたいして、心がまえはまったくできていなかった。

ケイティが牛の世話をしに出ていき、アギーが昼食の準備に取りかかっているとき、ジュードが腹立たしそうにリビングルームにやってきた。ベスはそこで招待状の宛名《あてな》書きをしていた。

「はっきりさせておかなきゃならないことがあるな」ジュードがスラックスのポケットに手を突っこみ、ベスにそういった。「ぼくの頭に鉢を投げつけないようにしてくれないか」

ベスはジュードに目を向け、非難のまなざしを見た。

「なんですって？」ベスはこわばった声でたずねた。

「わかっているだろう？」ジュードが近づき、脅かすようにベスのまえに立ちはだかった。

「きみはわざとあの鉢を投げたんだ」

「だったら、どうだっていうんですか？」

「ぼくにはきみの持っている株が必要なんだ。そのために、ぼくたちは結婚するんだよ」

「そのために、あなたは結婚なさるんでしょうけど」ベスはプライドを高くしていった。

「わたしはケイティのために結婚するんです」

ジュードはゆっくりとうなずいた。

「わかった。じゃあ、そういうことにしておこう。べつに文句はないよ」

「わたし……」

「なんだね?」ジュードがたずねた。

「きのうの廊下でのことは、本気でしたことじゃないんです。ジュード、あなたがわたしを怒らせるから……」ベスはどうしようもないといった感じでそういい、ジュードの目を見つめた。

「ぼくたちのあいだには、いつも火花が散るようだな」ジュードはそういって、目を細めた。「しかしそんなことはやめなきゃならない」

「じゃあ、わたしをなじるのはやめてください」ベスがいい返した。「わたしを人間として扱ってください」

「ぼくはきみを人間として扱ってないかね?」ジュードがたずねた。「親切にしてやっていると思っていたんだが」そういって、笑った。

「とても親切だとは思えません」ベスはもの静かな声でいって、視線をそらした。

「きみはぼくのことをよく理解しているのかな、レディ?」ジュードはあざけるように笑った。「ぼくがどういう男なのか、いってくれないか?」

ベスはチラッとジュードに目を向けたあと、また宛名書きに取りかかった。

「わたしはそこまで想像をたくましくはしていません」

「いわせてもらえれば、ぼくは女にたいして敬意を払わないようにしているんだ」ジュードはそういって、タバコに火をつけた。「ケイティの母親が女についてたっぷり教えてくれたからね」

「悪いことばかり知らされて、いいことはなにも知らされなかったんでしょう？」ベスがいった。「どうしてケイティにあんなことをおっしゃるんです。母親が……」ベスは喉《のど》を詰まらせた。

「きみにはいえないのかね？　レディの口からはとてもいえない言葉だというわけか」ジュードがからかった。

「ともかく、ケイティのまえであんなことをおっしゃるなんて、残酷です。ケイティには少なくとも、母親のイメージが必要なんですから。あなたは彼女から母親のイメージを奪ってしまったんですよ」

ベスがいい返した。

「ケイティの母親はもう死んでしまったじゃありませんか。もうケイティに害を及ぼすことはないんですよ」

「母親の思い出が、ケイティをだめにすることだってある」ジュードは目をぎらつかせ、にべもなくいった。「エリーゼのことは、きみと話したくないんだ」

「話してくれといったわけじゃありません」ベスが視線をそらしていった。「でも母親のことで、ケイティにひどいことをいうのはやめていただけませんか？」

「きみとは話ができないね」ジュードはいった。「ぼくがなにをいっても、きみはあれこれいい返すんだから」

「もうそのくらいにしていただけませんか？」ベスがおちついた声でいった。

「なんて女なんだ……」

ベスはジュードの低い声にたじろぎ、ソファにもたれかかると、手にしていたリストを握りつぶした。

ジュードがタバコの煙を吐いた。

「きみと話していると血が煮えたぎってくるよ」かれは顔をしかめていった。「これまでの人生で、きみをなぐりたいと思うほど、女をなぐりたくなったことはなかったね。だから用心しておいたほうがいいぞ」

ベスはなにもいわなかった。怒っているジュードは、いつにもまして恐ろしかった。ベスはからだをこわばらせ、ジュードを見つめた。

ジュードはベスの青ざめた顔を長いあいだ見つめていた。

「きみはぼくが怖いのか？」やがていきなりそうたずね、目を細くした。「そのようだな。だからぼくにたいして攻撃的になるわけか。攻撃は最大の防御というからな」

ジュードはベスの心を読み取っていた。そのことがベスにはたまらなかった。彼女は宛名のリストを脇《わき》へやると、立ち上がってジュードから離れた。

「ケイティを手伝ってきます」

「そんなことはしなくていい。それよりも、走って逃げ出すだけでいいんだよ」

ベスはドアに近づき、唇をふるわせながらジュードを見た。

「これからは、思ったことをすぐに口にしないように用心します」彼女はあごを突き上げていった。「それで満足でしょう?」

ジュードは眉をひそめ、ベスを見つめた。

「きみは怖がっているのか」ショックを受けたようないい方だった。

ベスはジュードに背を向け、リビングルームから出ると、ドアを閉めた。

このことがあってから、ジュードは妙に黙りこくってしまった。けれど鋭い目をして、なにか考えこんでいるようだった。そのことがベスをますます不安にさせた。

ベスは牧場を歩き回っては、懐かしい景色に目をなごませていた。ベスはこの牧場に春にやってきたことはなかったが、春になると野生の花が咲くのだと、ケイティが教えてくれた。ヒナギキョウ、コウリンタンポポ、トケイソウ、ランタナなどが咲き乱れるということだった。

しかしいまは冬で、なにも咲いてはいなかった。ただベスの心に、ジュードにたいする思いが、ゆるやかに芽生えているだけだった。ジュードが目を向けていないとき、ベスはいつのまにかかれを見つめ、牧場や家のなかを歩いているかれのたくましい姿を、ついうっとりと眺めてしまうようになっていた。夕食のとき、ジュードを見つめないようにするのが、しだいにむずかしいものになっていった。そしてジュードのほうも、なぜか考え深げなまなざしで、ベスを見ることが多くなった。

結婚式の当日、白のウェディングドレスをまとったベスの目に、不安な思いがはっきりとあらわれていた。正しいことをしているのだろうか——そう思わずにはいられなかった。人生を破滅させてしまいかねない結婚を、こんなふうに受け入れてしまっていいのだろうかと。ベスはジュードが怖かった。けれどジュードが思っているような理由からではなかった。自分がジュードを求めているからこそ、不安が先にたってしまうのだった。あの廊下での出来事で、ベスは自分がジュードを求めていることを、はっきりと思い知った。それなのに、かれはベスの持っている株以外、なにも求めてはいないのだ。ジュードはそのことをはっきりさせていた。そんなかれといっしょに暮らして、自分の気持ちを隠しつづけることができるだろうか。とりわけジュードは人の心を読み取るのが得意なのだから。ベスのひそかな思いがジュードに知られでもしたら、なにか議論するたびに、かれにからかわれるに決まっていた。

ベスはためらった。けれどもう手遅れだった。サンアントニオ郊外のスペインの教会には、もう招待客が集まって、待ちかねている。希望の火をともしながら結婚する以外、べスにはどうすることもできなかった。

ベスの心は、母親が亡くなったときよりも虚《うつ》ろだった。ジュードのような男と暮らすことは、毎日試練を受けるようなものだった。ケイティが選んだ白とピンクのバラのブーケを手にすると、ベスは不安と期待に胸をふるわせながら、階段を下りていった。

4

サン・ホセ・イ・サン・ミグェル・デ・アグアヨ教会は、大きくそびえる堂々とした建物で、優美な様式と歴史の重みを備えていた。ベスはそのなかに入るとき、喉《のど》が詰まりそうになった。亡くなった父親の代役として、ベスに付き添っているのは、彼女が何年もまえから知っているジュードの隣人、アダム・ティーグだった。

祭壇のまわりには赤と白のポインセチアがひしめいて、いまを盛りと咲き誇っていた。もう二週間もしたら、クリスマスになるのだ。ベスはジュードにクリスマスまで式を延ばしてほしいといったが、ジュードは一刻も早くベスの株を自分のものにしたいので、聞き入れてはくれなかった。

結婚式をスペインふうにするため、ジュードはダンス向けの音楽を演奏するマリアッチを雇っていて、ウェディングマーチがロマンティックなギターの調べで奏でられていた。ベスはこんなに美しい曲は聞いたことがなかった。ドームになった天井の下、ベスがアダム・ティーグとともに緊張して祭壇に向かうあいだ、音楽は華やかに教会に鳴り響いた。

教会の内部はあざやかな色の装飾がほどこされていたが、ベスはまわりに目を向けることもなく、いかめしいブルーのピンストライプのスーツを身につけ、白のカーネーションを襟に差しているジュードだけを、じっと見つめていた。ジュードが顔を向け、冷ややかなグリーンの目でベスを見つめると、彼女の心臓は激しい動悸《どうき》を打ちはじめた。ロマンティックな雰囲気がかもしだされているのに、ジュードはこうしたことのすべてを嫌っている。ジュードの目がベスにはっきりそう告げていた。

ジュードのそばまで行くと、アダム・ティーグはベスから離れ、イスに腰を下ろした。ベスはジュードのそばに顔をこわばらせて立ち、かすかに身をふるわせた。儀式の言葉もほとんど耳に入らなかった。ケイティがいっしょに立っていること、参列者が少しざわついていることを、わずかに意識しているだけだった。司祭の言葉が教会の内部に響いた。ジュードがベスの指に指輪をはめた。いくつかの言葉が口にされた。ベスも言葉を口にした。ジュードが顔を下げ、冷たい唇をベスに重ね、夫婦としての初めてのキスをした。ふたりは結婚したのだ。

ベスはジュードに連れられて教会の外に出るとき、マリアッチの演奏がまた始まるのを耳にした。ベスは軽やかな笑い声をあげ、いまが人生でいちばんしあわせなときだというふりをして、ジュードとケイティとともに黒のベンツに乗りこんだ。三人を乗せたベンツはジュードの屋敷に向かった。ベスは一度ふりかえって、教会を目にした。すべてが終わってしまったのだ。もう一度あの教会に戻り、心から望む結婚式を挙げられればいいのに。ベスはそう思わずにはいられなかった。

「またいつか教会に行って、バラ窓を見ましょうよ、ベス」ケイティがそういって、顔を赤くした。「お母さんっていわなきゃならないわね」

ベスは喉を詰まらせ、後部席に目を向けた。ケイティは顔を輝かせていた。

「そうね」ベスは愛情をこめてケイティにいった。「そういわれるほうがいいわ。そのほうがふさわしいもの」

「ばかげてるな」ジュードが口を挟み、ベスとケイティをにらみつけた。「ベスはおまえの母親じゃないんだから」

ケイティは唇をふるわせて、目を伏せた。

「はい、パパ」そういって、ベスに目を向けた。「とにかく、おめでとう……ベス」

「ありがとう」ベスはわざとジュードを無視していった。

結婚式のあと、ジュードが家にじっととどまっていることはなかった。めったにないことだが、たまにベスを見かけることがあったとしても、ジュードは夜、ベスに近づこうとはしなかった。どうやら結婚についていったことは、本気だったようだ。ふたりのあいだに親密な関係というものはまるでなかった。ベスはホッとしていた。おかげで、結婚するまえはよくあった、恐ろしい対決をせずにすむのだから。ベスは自由に過ごせる時間がたっぷりあったので、クリスマスの準備に専念することにした。

「クリスマスツリーなんて見たことがないわ」ベスが、クリスマスツリーをどこに飾ろうかといったとき、ケイティが悲しそうにいった。「サンタクロースもいないのよ。パパがくだらないことだっていってるから」

ベスはびっくりしてしまった。口をぽっかり開け、ケイティを見つめた。

「でも、クリスマスがどういうものかくらいは、あなたも知っているでしょう?」

ケイティはおちつかなげにそわそわした。

「学校の先生から教わったわ」

「それで、あなたはクリスマスイブに教会に行ったりしないの?」

ケイティはもじもじした。

「パパが……」

「パパはたくさんのことをあなたにいっているようね」ベスは目をぎらつかせていった。「さあ、ケイティ、これからツリーを飾って、少なくともわたしたちのあいだでプレゼントの交換をしましょう」きっぱりといった。「あなたのお父さんがなにをいおうと、あなたとわたしはクリスマスイブには教会に行くのよ。わたしはアギーといっしょに七面鳥を焼くことにするわ」

ケイティは目をきらめかせて笑いだした。

「ああ、ベス、すてきよ」けれどケイティの笑顔はすぐに不安そうな表情に変わった。

「でもパパがそんなことをさせてくれるかしら？」

「だいじょうぶよ」ベスはきっぱりといった。「さあ」そういって、リビングルームを見回し、口もとを引き締めた。

広い部屋だった。ポーチに面して大きな窓があり、そのポーチは道に面している。

「ツリーはあそこに飾りましょう。外から見えるように。ツリーに飾りつけるものはあるかしら？」

ケイティは首を振った。

「いままでツリーを飾ったことはないの？」

ケイティはうなずいた。

ベスはジュードを蒸し焼きにしてやりたい心境だった。口にリンゴを突っこんで、クリスマスの日に蒸し焼きにしてやりたかった。

「じゃあ、お店に行きましょう」ベスがいった。「セーターを持ってきなさい。わたしがあなたのお父さんにいってくるから。カウボーイの誰《だれ》かに車を運転してもらって、ツリーと飾りを買いに行くのよ」

「ほんとうなの？」

「ええ」

ベスはジュードの革のウインドブレーカーを手にして、ジュードを捜しに行った。

ジュードは納屋にいて、使用人のひとりと話をしていた。ベスは身を切るような寒さのなかで、かれが話を終えるのをおとなしく待った。

「なにか用かね、ミセス・ラングストン？」ジュードは目をきらめかせ、皮肉をこめていった。

「ええ、用があって来たんです」ベスはおちついた声でいった。「誰かに街まで車を運転してもらいたいんです。クリスマスツリーと飾りを買いに行きますから」

「だめだね」ジュードが冷ややかにいった。「ぼくの家ではそんなものは必要ない」

口げんかになることは、ベスも予想していた。心の準備はできていた。ベスはあごを突き上げ、ジュードをじっと見つめた。

「結婚するまえに、ふたりでなんとかうまくやっていくべきだということで、同意しあったんじゃなかったんですか？」ベスはいった。「わたしはいままであなたになんの要求もしていません。ただのひとつも。でもいまはリビングルームの半分がほしいんです。道に面する半分が。それに」ベスはジュードが驚いたように眉《まゆ》をつり上げるのを見て、つけ加えた。「ツリーがほしいんです。枝ぶりのいいツリーが。どんなツリーでもかまいませんわ。それから、そのツリーに飾りつけるものと、七面鳥とハムが必要です」

「きみは七面鳥とハムをツリーに飾るつもりなのか？」ジュードがいった。

ベスはジュードをにらんだ。

「ツリーの下に置くケイティへのプレゼントも買ってほしいんです。あなたからのプレゼントとして」

ジュードはテンガロンハットを脱ぎ、なにげなくもてあそびながら、ベスをじっと見つめた。

「ほかには？」

「いいえ、それだけです」

ジュードは探るようにベスの目を見たあと、軽い笑い声をあげた。

「じゃあ、今度はぼくがいおう。クリスマスなんてものは、ひまをもてあましている者のすることだ」

「なにをおっしゃるんです」ベスは声をひそめていった。「あなただって、クリスマスがどういうものか、どうしてお祝いしなきゃならないかぐらいは知ってらっしゃるでしょう。ケイティからクリスマスの喜びを奪うなんて、ひどすぎます。ほかの子どもたちからクリスマスのことを聞かされて、ケイティがどれほど悲しく思っているのか、わからないんですか？　みんなはプレゼントをもらったり、教会に行ったりしているんですよ。少しはケイティのことも考えてやってください」

ジュードはびっくりしたような顔をした。

「それほど特別な日でもないさ」弁解するようにいった。

「母親のいない小さな子どもにとっては、そうではありません」ベスはもの静かな声でいい、自分の母親を思い出して胸を痛めた。

ジュードは大きなため息をついた。

「わかったよ」吐き捨てるようにいった。「クリスマスツリーと七面鳥を買えばいい。しかしぼくを教会に連れていこうなんてするなよ。ぼくはぜったいに行かないから」

「そんなこと心配なさらないでください」ベスが声を高くしていった。「とにかくわたしは、あなたといっしょにいるところを誰にも見られたくないんですから」

ベスはジュードに背を向けたが、腕をつかまれ、ふり向かされた。

「どこでツリーを手に入れるつもりなんだ?」

「わかりません」

ジュードは腕の力をゆるめ、ウインドブレーカーの袖《そで》をゆっくりと撫《な》でた。

「きっときみがケイティにけしかけたんだろうな」

「ほかの子どもたちがしていることを、ケイティもしたがっているだけです」

「わかった。ぼくが街まで連れていってやるよ」

ベスは驚いて、口をぽっかり開けた。

「わたし……わたし、カウボーイの誰かに頼もうと思っていたんです。あなたがいらっしゃるなんて、思ってもいませんでした」

ジュードが探るようにベスの目を見た。

「ぼくがいっしょなのはいやなのか？」

ベスは返事をすることができなかった。ジュードから目をそらすこともできなかった。長いあいだ、ふたりは冷たい目で見つめ合っていた。

「さあ、出かけるんなら、早く行こう」ジュードはじれったそうにいって、ベスの腕から手を放した。「ケイティを呼んでくるんだ」そういって、帽子をかぶると、ガレージのほうに向かった。

ジュードが同意したことが、ベスは驚きだった。車で街へ行くあいだ、ベスは好奇心たっぷりの目をジュードに向けつづけた。

「少しオフィスに寄らなきゃならないんだ」ずっと黙りつづけていたジュードが、街に着くとそういった。「きみたちをダウンタウンで降ろすから、ショッピングをしていたまえ。三時にメンガーホテルのまえで会おう」

「わかりました」ベスはすなおにそういった。

ベスがにこにこしているケイティといっしょに車から降りると、ジュードはベスをにらみつけた。このままではすまないような目つきだった。ベスは甘い笑みを浮かべ、ジュードに投げキスをした。かれは頭にきたようだった。急にアクセルを踏みこみ、車を走らせた。

「あのスピードで走っていたら、スピード違反でつかまってしまうでしょうね」

「いままであんなことはしなかったのよ」ケイティが笑みを浮かべていった。「ベスが来てから、パパは変わってしまったみたい」

ベスは笑い、まとめていた髪をふりほどいて、肩に垂らした。

「さあ、買物をしましょう」

「ベス、パパはほんとうに、ツリーを買ってもいいっていったの？」ケイティが興奮してたずねた。

「ええ、そうよ」ベスは口げんかをしたことまではいわなかった。「さあ、忙しくなるわよ」

ベスとケイティは、ジュードが財布に突っこんでくれたお金で、たくさんのツリーの飾りと台を買いこんだ。ベスはパンとクッキーを買うため、ケイティをパン屋に行かせたあと、ケイティがほしがっていそうなものをあわてて買いこんだ。そしてためらうことなく、ジュードがいつか口にしていたミニパソコンと、ジュードがきっといやがりそうな、さっぱりしたネクタイも買った。そしてクリスマスの朝に、どっちを渡すことになるだろうかと思った。

三時になると、アラモの砦《とりで》近くにある歴史的に由緒のあるホテルのまえに、ジュードが車でやってきた。ベスは期待をこめて、通りをへだてた建物に目を向けた。

「今日はだめだね」ジュードがにべもなくいった。「今日は予算会議があるんだ。ショッピングをして家に帰る時間しかないんだよ」

ケイティが悲しそうな顔をしたので、ベスは後部席に顔を向けて笑みを浮かべた。

「今度ふたりでアラモの砦に行きましょうね」

「好きなようにすればいいさ」ジュードはそういって、カーラジオをつけた。

悲しい失恋の歌がかかっていて、〝あなたを思うと胸が痛む〟の一節が何度もくりかえされた。

ベスは眉をつり上げ、笑顔をジュードに向けた。

「どうしてニヤニヤしているんだ?」

「あなたを思うと胸が痛むのよ」ベスがわざとせつなそうにいい、ケイティが後部席でころがって笑いを噛《か》み殺した。

ジュードは口もとをゆがめてベスを見た。信号が赤になり、車を停《と》めると、かれはベスの髪をつかんで引っ張った。

「きみは悩みのタネだよ」そういって、ベスの髪から手を放した。「きみが来るまで、安らかな生活がつづいていたんだがな」

「そうでしょうか。ひとりで腹を立ててらっしゃったんじゃありませんか?」

「言葉に気をつけるんだね。レディ」ジュードはそういって、タバコに火をつけた。「とにかくきみは、身を守るすべも知らない、か弱い女なんだからな」

「あなたなんか怖くありませんわ。仮面をかぶっていらっしゃるんでしょうけど。わたしの祖先は、インチキ銀行家や南北戦争後の再統合にもくじけなかったんですから、わたしだってあなたにくじけたりしません」

「ここにはアパッチ族やコマンチ族がいたんだ」ジュードはそういって、チラッとベスに目を向けた。「実際の話、ぼくの祖先はアパッチ族の女だったんだよ」

ベスはジュードの顔を見つめ、それでジュードの黒い髪や頬骨《ほおぼね》が高いことの説明がつくと思った。

「きみにもわかるだろう?」ジュードがいった。「遠い親戚の写真があるよ。ケイティに見せてもらえばいい」

「見せてあげるわ」ケイティが目を輝かせていった。「弓矢や、頭の皮をはいだナイフや、バッファローの毛皮もあるのよ」

「チリカフア族やその族長について、本で読んだことがあります」ベスがいった。

ジュードは眉をつり上げてベスを見た。

「アパッチ族のなかには、白人の女をさらった男もいるんだよ。知っているだろう?」

ベスは窓に目を向けた。

「あそこにクリスマスツリーが並んでいるわ」彼女は急にそういった。「停めてもらえませんか?」

ジュードは道路の端に車を停めた。ケイティがふたりよりも先に飛び出し、走っていった。

「ばかげているよ」クリスマスツリーを売っている男たちを見て、ジュードがいった。「牧場にはたくさん木があるのに、どうしてわざわざ買わなきゃならないんだね?」

ベスはジュードを見つめた。

「ああやってツリーを売ったお金で、クリスマスのお祝いをしてもらう子どもたちもいるんですよ」ベスが優しい声でいった。「ケイティが、これまでに通り過ぎてきた家の子どもだとしたら、どう思いますか?」

ジュードがベスを見つめた。またいつもの探るような目つきだった。ベスはゾクッとした。

「お金があればしあわせというわけじゃありません」ベスがつづけていった。「そのことはわかっています。でも、お金がなくて、つらい目に遭うことだってあるんです」

ジュードは肩をすくめ、うれしそうに手を振っているケイティに目を向けた。

「気に入ったものを見つけたようだな」そういって、ベスをにらんだ。「ツリーの飾りつけはきみがするんだぞ」

ベスは顔を輝かせた。

「わたし、ツリーを飾るのが大好きなんです。飾りけたくさん買ってありますし」

「ああ、そうだろうな」ジュードはかすかに笑みを浮かべていった。「七面鳥とハムも買ってあるんだろう?」

ベスは軽やかな笑い声をあげ、目をきらめかせた。そのまなざしは温かく、クリーム色の肌も輝いていた。ベスが頭を振ると、シルバーブロンドの髪がつやつやと輝いて揺れた。ジュードは長いあいだベスを見つめたあと、ふいに彼女のそばから離れて、ケイティに近づいていった。

ケイティがほしがったのは、二メートル半もありそうな大きな松の木だった。ジュードはもっと小さなものにさせようとしたが、ケイティはほかのツリーでは気に入らず、どうしてもこれがほしいといいつづけた。それでジュードも根負けして、文句をいいながらも、かなりの金を払ってそのツリーを買ってやった。風が吹きはじめて寒くなったので、ベスとケイティは先に車に戻っていた。けれどベスはジュードにじっと目を向けていたので、ベスかれがつりはいらないといって首を振るのが見えた。ベスは歓声をあげたくなった。ささやかなこととはいえ、ジュードを相手に勝利をおさめたことにちがいはなかった。

ジュードは大きなツリーを台に立て、しっかり固定してくれた。そのあとふたりをにらみつけ、夕食は外ですませるといって、予算会議のために家を離れた。

ベスがクスクス笑っていると、アギーがリビングルームにやってきて、けげんそうな顔をした。

「ご主人様が街で食事をなさることなんかなかったんですよ」そういって、ため息をついた。「いったいどういうことなんでしょうね？」

「機嫌が悪いのよ」ベスはそういって、アギーの不思議そうな顔を見て笑った。「ツリーを買わなきゃならなくなったので、腹を立てているのよ」

アギーも笑った。

「でもすばらしいツリーですわね」ほれぼれした感じでツリーを眺めながら、アギーは濡《ぬ》れた手をエプロンで拭《ふ》いた。「わたしたちはナシミエントを飾るだけですけど、ツリーもいいものですわね」ナシミエントとは、キリスト生誕の場面を再現した人形だ。

「お人形も買ってあるのよ、アギー」ケイティが興奮していった。「イルミネーションも買ったの。いっぱい買ったんだから。ディーンに電話して、教えてあげなきゃ」

ケイティは駆け出していき、ベスは笑みを浮かべながら、ため息をついてツリーを見つめた。

「ケイティは午後からずっとあの調子なのよ」

「ご主人様はお祝いごとをなさらない方だって聞いていましたのに」アギーが不思議そうにいった。

「でも、今年はクリスマスのお祝いをするのよ」ベスがいった。「もうそうすることに決まったんですから。わたしは七面鳥を焼くことだってするわよ。ハムもあるし、いろんな飾りつけをしましょうね。料理の本を持っているのよ。まあ、あれは家に置いてきたんだったわ。家の管理をしてくれている人に電話をして、速達で送ってもらわなきゃならないわね」

「お家をお売りになったんじゃないんですか?」

「いいえ、ジュードに管理人を雇ってもらっているのよ」ベスがいった。「百年以上もまえから、わたしの家族の家だったんですもの。売り払うなんてことはできないわ。これが結婚の契約の一部なのよ。わたしはジュードにいまいましい株を譲ることで、自分の家を手に入れたわけ。この部屋の半分もね」そういって、大きなツリーに目を向けた。「ジュードはツリーを家のなかに持ちこませたがらなかったのよ。でも結婚したんだから、この家の一部はわたしのものでしょう。だからそういって、部屋の半分をわたしのものにしてもらったのよ」

アギーが笑った。

「セニョーラ、あなたはご主人様の首根っこをつかんでらっしゃるんですね。あれだけとまどっているご主人様を見たことがありませんよ。ずっとブツブツ文句をおっしゃっているんですから。でも奥様をごらんになるとき、笑みを浮かべてらっしゃいますね。ほんとうにうれしそうな、気に入りのものを自分のものにしている男の笑みですよ」

ベスはショックを受けた。どういうことなのかと問いつめたくなる衝動を、やっとの思いで抑えこんだ。けれど希望をもつことはしなかった。ジュードが距離をおこうとしているのだから、ベスもかれにあまり期待しないほうがよかった。

ベスがケイティといっしょにツリーを飾り終えたときには、ケイティはもう寝なければならない時間になっていた。ベスがイルミネーションのスイッチを入れると、ケイティはいままでこんな美しいものを見たことがなかったかのように、うっとりとツリーを見つめた。そしてベスに強く抱きついた。

「大好きよ、ベス」喉を詰まらせてそういうと、ベスが答えるよりも早く駆け出していった。

ベスは目に涙を浮かべてツリーを眺めた。ツリーを飾ってやることがケイティにこれほどの意味があるとは、思ってもいなかった。ベスは自分が子どもだったころのクリスマスを思い出した。涙がベスの頬を伝った。しあわせな家族だったのだ。とてもしあわせな家族だった。そして父親が死に、母親はクリスタルの父親と再婚して、ベスのしあわせはついえてしまった。ベスは過去を思い出して、悲しく思わずにはいられなかった。家族を持つこと、家族の愛のぬくもりに浸ることは、すばらしいことなのだ。だからベスはケイティのためにクリスマスをすばらしいものにしてやりたいのだった。大きくなってから思い出せる、しあわせなひとときを作ってやるために。

ベスがベッドに入ったのは真夜中だったが、ジュードはまだ家に帰っていなかった。ベスはジュードが自分の要求を受け入れてくれたことで、まだ驚いていた。けれどあのときジュードはめんどうくさくなって、仕方なしに受け入れたのかもしれない。なんにしても、クリスマスの朝にケイティが顔を輝かせるのを見ればジュードも気持ちをなごませることだろう。

ジュードはツリーのことについては、まったくなにもいわなかった。事実、ツリーが存在しないようなふりをしていた。けれどベスは、かれがクリスマスのまえのある夜に大きな箱をこっそり二階に運び、その箱のことは誰にもなにもいわないでいることを知っていた。ベスはケイティのことを思い、急に胸を熱くさせた。

クリスマスのまえの週にベスを滅入《めい》らせたのは、クリスタルから届いた手紙だった。それには、クリスマスをいっしょに過ごすためにやってくると書かれていた。ベスの心のなかで大きくふくれあがっていた期待感が、その手紙でだいなしにされてしまった。ベスがジュードを相手に用心深く保っているなごやかな雰囲気が、クリスタルによってぶち壊されるかもしれなかった。

　ベスは泣きたい心境だった。クリスタルはなんでもベスのものを奪ってしまうのだ。美しいけれど、自分勝手な女性だった。いままではベスもあまり気にしなかったが、いまではそういうわけにもいかない。いまはケイティがいるし、ジュードとなんらかの関係をもちたいという希望を胸に秘めてもいた。もしもクリスタルがベスの夫をほしがったとしたら……。

5

「これはいったいなんだね？」ベスがクリスマスイブに夕食の準備をしていると、ジュードがそうたずねた。

ベスはジュードの食器のそばに置かれている、こぎれいにたたまれたナプキンに目を向けた。

「それはナプキンですけど」

ジュードはナプキンを見つめ、手でつかむと、振って広げた。

「ナプキンなら、ナプキンらしく見えるようにしてくれないか。ここはきみの屋敷じゃないんだぞ」

ベスはジュードをにらんだ。

「高級なレストランでは、どこでもナプキンをそういうふうにたたんでいましてよ」わざと皮肉をこめていった。「それとも口を袖《そで》でぬぐいたいんでしたら……」

ジュードは感情を爆発させ、目をぎらつかせた。

「ぼくを野蛮人だとでもいいたいのか?」そういって、ナプキンを食器に投げつけた。

「きみはぼくをずっとそんなふうに思っていたのか?」

「そんなことはありません」ベスはもの静かな声でいった。

「そうかな?」ジュードはそういって、軽い笑い声をあげた。そしてベスが用意しておいた大きな灰皿で、タバコの火をもみ消した。「じゃあどうしてきみは、ぼくに鉢を投げつけたり、ぼくをなぐろうとしたりしたんだね?」

「ジュード……」ベスは訴えるようにいった。「すんだことはもういいじゃありませんか」

「ぼくたちがおたがいに感情を高ぶらせていることが、無視できるとでも思うのかね?」ジュードは驚いたようにいって、かすかな笑みを浮かべさえした。「きみのようにふるまった女なんか、いままでいなかったがね」

ジュードがそういったことで、ベスはある情景を思い浮かべ、やるせない気持ちになった。ほかの女といっしょにいるジュード。ベスはジュードがほかの女とベッドを共にしていることなど、想像したこともなく、ショックを受けてしまった。ひどいことに、ショックを受けていることがそのまま顔に出てしまったらしい。

「そういうつもりでいったんじゃないんだよ」ジュードが優しい声でいった。

「わたしの心を読まないでください」ベスはふるえる声でそういうと、ジュードに背を向けた。

「図星だったわけか。きみはいったいなにを考えているんだ。レディというものは、セックスのことなんか考えてないと思っていたよ」

ベスはかれのわざとらしいからかいを無視することにした。

「ケイティがすぐにもやってくるわ。今晩教会に行くために買ってあげたドレスを見ても、笑わないでやってくださいね」

ジュードは侮辱されたような顔をした。

「ぼくは娘を笑ったことなんかないがね」

ベスは銀器を並べ終えた。

「ケイティがどんなふうに見えるかについて、なにか彼女の喜びそうなことをいってやってくださいね」

「待てよ、ベス」ベスがあごを突き上げ、いかめしい顔をしているのを見て、ジュードはいった。「ぼくは先週、きみを殺したい衝動を必死になって抑えていたが、がまんするにも限度というものがあるぞ」

「あなたががまんすることなんてあるんですか?」ベスはあっさりいってのけた。

「場合によっては、ぼくだってがまんすることもあるんだ」神経を逆撫《さかな》でされるような声だった。

ベスは顔が赤くなってしまい、一度置いた食器を置きなおした。

「それは知りませんでしたわ」

ジュードはなにもいわなかった。ベスが顔を上げてみると、まばたきもせずにじっとベスを見つめているのだった。

ベスは雷に打たれたような気がした。どうしてもジュードから目をそらすことができなかった。そうしてジュードとじっと見つめ合っているうちに、全身が熱くなってきた。ジュードはふいに立ち上がり、ベスに近づいてきた。

ジュードがベスの背中に片手をあてた。そしてもう一方の手をベスの頰《ほお》にあて、その顔をもの珍しそうに見つめながら、親指をゆっくり這《は》わせはじめ、じらすようにして唇に近づけたりして、彼女の気持ちを高ぶらせた。

「こうやって触っても、きみは冷たいんだな」かれは声をひそめていった。「きみを燃えあがらせたらどんなふうになるかと、昔から思っていたよ」

「そんなことができるなんて……思わないでください」ベスがふるえる声でいった。けれどジュードは自分の指がベスに及ぼしている効果を知っていた。唇がふるえ、息づかいが荒いものになったことで、はっきりわかっていた。

「ぼくは男だよ」ジュードがもの静かな声でいった。「ぼくにも男の欲求があるし、女を知らないわけじゃない」

ベスは、心臓がものすごい動悸《どうき》を打つのを感じてジュードから離れようとしたが、背中にあてられた手に押さえこまれて、動くこともできなかった。

「逃げるのはやめるんだね。べつにきみを傷つけたりするつもりはないよ」ジュードがベスの唇を見つめて、低い声でいった。「少なくともいまはね。きみのことをより知りたいんだ。どうしてきみがぼくにこうも冷たいのか、その理由を知りたいんだよ」

「あなたはわたしの人生をつらいものになさっているじゃありませんか」ベスがふるえる声でいった。「わたしを家から連れ出して、望んでもいない結婚をむりやりさせて、わたしを侮辱しつづけてらっしゃるのに、それなのに、わたしが冷たい理由がわからないとおっしゃるんですか?」

ジュードは眉《まゆ》をつり上げた。

「きみはそのまえからぼくを避けていたじゃないか。二年まえの夏から」

「自分の身を守りたかっただけです」

「あれだけぼくにつっかかっておいて、そんなことをいうのか」ジュードはそういうと、小さなため息をついた。「ぼくはきみにつらくあたることがあるようだな?」

ジュードがそう認めたことで、ベスはびっくりしてしまった。彼女は顔を上げ、けげんそうにジュードを見た。

「どうしてか、わからないのかね?」ジュードがベスの目を探るように見つめていった。

「わたしを嫌ってらっしゃるからでしょう?」

ジュードは軽く笑った。

「きみはまだ青いよ」そうつぶやいた。「まだ青くて、温室のランのようにここには場ちがいだ」ジュードはベスのあごをつかんで、顔を上げさせた。「それで思い出したんだが、ぼくの書斎に花を生けるのはやめてくれないか。今朝、バンディにからかわれたんだよ。ツリーのことでもね。きみがぼくの心をなごませようとしていると」

ベスは敵意にみなぎる目をジュードに向けた。

「どこがいけないんですか？　あなたはとても無情だから、人生のささやかな喜びさえ楽しめないいんじゃありませんか」

ジュードはその言葉に腹を立てた。

「そんなものは必要じゃないんだ」にべもなくいった。「クリスマスツリーに花飾り……今度はレース付きの下着まで身につけさせられるんじゃないのか？」

ベスは思わずクスクス笑ってしまった。笑いをこらえるために口に手をあてたが、ジュードにその手をつかまれ、胸に押しつけられた。

ベスはジュードの胸が激しく上下しているのを感じ取った。自分のからだがすぐ近くにあることで、ジュードがどんな反応をしているかをまざまざと知って、ショックを受けた。

どうやらジュードは、それをベスに知られたくなかったようだった。すぐに手の力を抜いて、からだを離れさせた。

ジュードは自分の胸にあてられている、ほっそりしたベスの手を見つめた。そしてその手に軽く触れて、手の甲の青い血管に指を這わせた。

「きみは……きれいな手をしている」

息づかいが激しいものになっていた。ジュードはぼんやりした感じでゆっくりシャツのボタンをはずすと、ベスの手をシャツのなかに入れさせた。

ベスはジュードの素肌を感じて、からだをこわばらせた。鎖骨のすぐ下、たくましい胸をおおう胸毛に触れたのだった。

ジュードは自分の胸に触れるベスの手を見つめながら、口をかすかに開けた。そして、またボタンをひとつはずし、ベスの手をもう一方の胸に移させ、小さな男の乳首に触らせた。

ベスは、女に起こることが男にも起こるとは思ってもいなかった。ジュードの乳首がかたくなったのだ。ベスは自分の目でそれを確かめた。

ジュードは長いあいだベスの目を見ていた。そして顔を下げ、ベスの唇を誘った。ベスはジュードの目に欲望の炎を見た。

「口を開けて、ぼくの唇に重ねるんだ」ジュードはベスをうっとりさせるような低い声でささやいた。

ベスはなにもいわず、いわれたとおりにした。いままでなかった感情がこみ上げ、なにもいえなかった。

ベスは息を止め、かれに唇を重ねた。なんともいえない気分になって、からだがふるえてしまった。

ジュードは荒い息づかいをして、ベスの腰に両手をあて、優しく抱き上げながら、唇をゆっくりと押しつけていった。

ベスはたくましい筋肉をおおう胸毛をまさぐった。ジュードはうめき、急に自分を抑えきれなくなったのか、むさぼるように激しいキスをして、ベスにもうめき声をあげさせた。ベスはジュードのうなじに手をあて、胸のふくらみをかれの胸に強く押しつけた。いままで知らなかった、このうえもない歓喜に引きこまれてしまいそうだった。

ジュードはすぐにベスを床に下ろすと、ベスをにらみつけた。その目には、怒りと満足感の入り乱れたものがあった。

ベスはジュードから離れ、テーブルに戻った。

「ケイティといっしょに……これから教会に行くつもりなんです」彼女はジュードに顔を向けてそういった。「いっしょにいらっしゃいませんか?」

「いや、ぼくは行かないよ」

ベスはいまほどふるえていなかったとしたら、ジュードが声をかすらせ、息をはずませていることに気づいたかもしれない。けれどベスは気づくこともなく、ジュードは目をそらした。

「夕食は外でするよ」ジュードが冷ややかにいった。「ケイティのことはきみが好きなようにすればいいんだ」

「ケイティはあなたの娘なんですよ」ベスがふるえる声で弱々しくいった。

ジュードは立ち止まり、ベスに背を向けたままなにかつぶやいた。

「きみとはいっしょにいられないよ」かれはしばらくして吐き捨てるようにいった。

「心配なさらないでください。ケイティとわたしは、少なくとも二時間は外に出ていますから」

「ぼくは街に出かけるよ。ぼくにもがまんのできる社交界だってあるからな」

ベスは向きを変え、アギーが食事の準備をどこまで進めているかを見るために、キッチンに向かおうとした。けれどキッチンのドアのまんでためらってしまった。こらえようとしても、涙がとめどなく流れるのだった。

ベスはケイティのために努めて明るい顔をして、思いがけない仕事の話があって、ジュードが外出したのだといった。ケイティはなにもいわなかったが、失望が顔にはっきり出ていた。ケイティは長い髪を垂らして、ベスが買ってやったピンクのドレスを着ていた。いつにもましてかわいく見えた。それなのに、ジュードはそんな娘の姿を見ようともしなかったのだ。ベスはジュードに平手打ちをみまいたい心境だった。

　そのあと、休む時間になると、ケイティがベスの部屋にやってきた。ふたりはナイトガウンをまとったままベッドに腰を下ろし、ベスは自分の育った屋敷でのクリスマスのことを話してやった。

「お母さんが死んで悲しい？」ケイティがたずねた。

「ええ」ベスがいった。「とても悲しいわ。でも病気が重かったから、死んでよかったのかもしれないわ」

「いまは天国にいるのね」ケイティがベスの気持ちを察していった。「ベスはここへ来たことを後悔していないの？　パパと結婚したことを後悔していないの？」

「いいえ、後悔なんかしていないわ」ベスは優しい声でいい、笑みを浮かべた。「すばらしい娘ができたんですもの」

　ケイティは顔を赤らめ、にっこり笑った。

「ベス、子どものときは、クリスマスの日にパーティを開いたんでしょう？」

「わたしが小さなころは、あまりパーティはなかったわ」ベスはそういって、ため息をついた。「でも、わたしの義理の姉が年ごろになると、父がよくパーティを開かせたわ。彼女にはボーイフレンドがたくさんいたから」

「ベスはどうだったの？」

　ベスは首を振った。

「いいえ、わたしは不器量だもの」

「パパはそうは思ってないわよ」ケイティがいった。「パパがティーグさんに、夢でも見ているようだっていってたけれど、かわいいってことじゃないの?」

「それはただのお世辞なのよ」ベスは、ジュードが自分を悪夢のようだと思っているにちがいないような気がして、悲しそうにいった。そしてダイニングルームでキスされたことを思い出し、からだを熱くさせた。どうしてかれはあんなことをしたのだろうかと、不思議に思わずにはいられなかった。ベスは大きく伸びをうち、そうしたことでナイトガウンが下がってしまったが、そのことにも気づかなかった。「わたしはもう疲れたわ。あしたはクリスマスなのよ。そろそろ寝ましょう。あしたはペカンの実を焼いて食べましょうね」

「ええ」ケイティが立ち上がった。「ベスがいっしょに暮らしてくれるようになって、とてもうれしいわ」

「わたしもよ」ベスがそういい、ケイティを抱きしめようとしたとき、とつぜんジュードが部屋に入ってきた。

ジュードはノックすることもせず、少し興奮しているようだった。黒い髪が額にふりかかっていて、グリーンの目がぎらついていた。

「パーティでもしているのか?」少しうわずった声でたずねた。

「おやすみをいおうとしていたところなんです」ベスはそういって、背筋を伸ばしたが、そうしたことでナイトガウンがまたずり落ちてしまった。

「おやすみなさい、パパ」ケイティが爪先立《つまさき》って、ジュードの頰にお休みのキスをした。

「パパもいっしょに教会に来てくれればよかったのに。神父さんにかわいいっていわれたのよ」ケイティはそういって、にっこり笑った。「おやすみなさい、ベス」

「おやすみなさい、ケイティ」ベスはそういったが、ケイティが笑みを浮かべ、わざとドアを閉めたときには、身のすくむ思いがした。

「教会か」ジュードが低い声でいった。「それにクリスマスツリーと七面鳥。ぼくの家とぼくの人生がひっくり返ってしまったようだな」

ジュードは荒い息づかいをしていた。ベスはとつぜん、かれが酔っていることに気づいた。

ベスは止めていた息を吐いた。

「教会の儀式はすてきでしたわ」しばらくして、そういった。「ケイティはとても愛らしかったんですよ」

「きみもそうだったんだろう?」ジュードはそういって、ベスのナイトガウンをじっと見つめた。「レースとひだがたっぷりついている……きみもわざとそんなものを身につけているんだろう?」

「なんのことですか?」

「そのナイトガウンだよ」

ジュードはベッドに近づいた。いつもの優美な動きではなかった。そしてベスのそばにどっかりと腰を下ろすと、ナイトガウンをじっと見つめた。

「わたし……知らなかったんです……あなたがいらっしゃるなんて」

「ああ、もちろんそうだろうな」ジュードはベスをにらんだ。「しかしきみはわざとそんなものを身につけたんだ」そういって、笑みを浮かべた。「ぼくに見つめられたいんだろう?」ジュードは片手でベスの両手をつかみ、腰に押しつけて押さえこむと、もう一方の手で薄いナイトガウンに近づけた。とつぜん、目が残忍な光をたたえた。「ぼくに見つめられたいのなら、こんなことをする必要はないんだよ。ただいえばいいだけなんだから」ジュードはそういいながらナイトガウンを腰までずらし、熱い目で小さな胸のふくらみをじっと見つめた。

むさぼるような見つめ方だった。ベスをつかむ手に力がこもり、顔が妙にこわばって、グリーンの目だけが強烈な感情を示していた。

ベスは動けなかった。ジュードに見つめられることで、からだが動かせなかった。いままで誰《だれ》にもこんなふうに見つめられたことがなかった。ジュードの目にはとまどいと興奮があった。ベスの息づかいが不規則なものになり、全身が熱くなっていった。

「そうさ。きみはぼくに見つめられるのが好きなんだ」ジュードがいった。「ほかの男を相手に、こんな気分になったことはあるのかね?」

ベスは首を振った。なにもいえなかった。

「一度もないのか」信じられないといった感じでいった。

「わたしは……なんの魅力もないんですもの」ベスはささやき声でいい、顔をそらした。

「なにをいうんだ」ジュードが低い声でいった。そしてベスの両手をつかんでいた手を放し、顔にあてて自分のほうに向けさせた。「そんなことはない。きみはすばらしいからだをしていて、貝殻の内側のようにデリケートだよ」息をのんで、むさぼるようにベスのからだを見つめた。「ああ、こんなにすばらしいからだは、いままで見たことがなかったよ」

ベスはそんなことをいうジュードを見つめ、酔っているにちがいないと思った。けれどいままでになかったなにかを感じて、ジュードに見つめられるのを喜んでいた。かがみこんでキスをしてほしいほどだった。

ジュードがまたベスの顔を見つめた。

「ぼくたちは結婚しているんだよ」もの静かな声でいった。「恥ずかしがることはないんだ」

ベスは息をすることもできなかった。

「ええ……わかっているわ」

ジュードはそっと手を伸ばして、ベスの頬に触ったあと、髪をまさぐった。

「きみはまだ若い」ベスがいままで聞いたこともないほど優しい声だった。「醜いことや痛ましいことも、まだ知らないのさ。ぼくもきみを遠ざけておけるほどの人間らしさを、まだ残していればよかったんだが」かれはそういって怒ったようなため息をつくと、ベスに背を向け、タバコに火をつけた。

ベスはなすすべもなくじっとしていた。かれのいったことがまるで理解できず、当惑しきっていた。

「ジュード」ベスは優しい声で呼んだ。

ジュードはふりかえり、上半身があらわになったベスを、やるせない顔をして見つめた。そして胸が痛むかのように、すぐに目を閉じてしまった。

「ナイトガウンをもとに戻すんだ」低い声でいって、また背を向けた。「ぼくはウイスキーを三杯ひっかけているんだ。まえに女と寝てから、もう何カ月もたっているしな」

ベスはふるえる手でナイトガウンをもとに戻した。

「それなのに、わたしがほしくないんですか？　わたしを奪う気にもなれないんですか？」

ジュードは笑った。けれど苦々しい笑いだった。

「ぼくがほしがっているもののことをいったら、きみは笑うだろうよ。ぼくは最近、現実主義者になっていてね。自分の限界はよくわかっているんだ」

「あなたに限界があるんですか？」ベスはそういって、シーツで胸をおおった。「ショックだわ」

ジュードはふりかえり、タバコを口にくわえたまま、ベスの赤らんだ顔をつくづくと眺めた。そんなジュードが男らしく官能的に見え、ベスはベッドから飛び出して抱きつきたくなった。

「きみはほんとうは冷たいだけの女じゃなかったんだな」ジュードがもの静かな声でいった。「きみは仮面をかぶっているんだ。自分を守るために」

ベスは顔をまっ赤にした。

「わたしを批判するのはやめてください」

ジュードは首を振った。

「批判なんかしていないよ。きみは複雑な人なんだ。しかし下では」あのときのことを思い出して、恥ずかしそうに顔を赤らめるベスを見つめながらいった。「きみはぼくにすっかり調子を合わせたね。ぼくがいっただけで、きみがキスをしてくれるなんて、思ってもいなかったよ。ぼくはただ……からかっただけなのに」

ベスはたまらない気分になった。目をつぶって、息づかいを整えようとした。お願いだからそんなひどいことはいわないで。心のなかでそう祈っていた。

「またわたしを、別の方法で苦しめるつもりなんですか？」ベスは不安そうにたずねた。

「あなたがおっしゃったように、わたしはうぶだから、からかわれてもわからないんです」

「心が傷ついたのかね？」ジュードが心配そうにたずねた。

「あなたのなさることでいちいち心を傷つけていたら、からだがもちません」ベスはわざとそういって、力のない笑いをあげた。

ジュードは咳払《せき》いをすると、まだ半分も吸っていないタバコをもみ消した。

「ぼくが考えているのは、単純なことだよ。感情ではなく、取引によって成立する結婚ということだ。ぼくはその気持ちを変えてはいない。ぼくが求めるのは、込み入ったものじゃなく、株だけなんだから」

ベスはシーツに目を落とした。

「それなら、込み入ったものを作り出さないようにしてください」

「きみもぼくを刺激するのはやめるんだ」ジュードはベスをにらんでいい返した。「ぼくだって人間なんだ。普通の男のように、誘惑には心をそそられてしまうよ」

「わたしはなにも……」

「もう一度いおうか」ジュードがベスをじっと見つめていった。

見つめ返すこともできず、ベスは目をそらした。

「二度と忘れないようにします」

「どうかな?」ジュードはいらだたしそうに部屋を歩き回った。

ベスはシーツをじっと見つめていった。

「ジュード、どうしてクリスマスツリーをいままで飾ったことがなかったんですか?」

ジュードはつかのまベスをにらんだ。

「ケイティにとってどれほど意味のあるものなのか、いままでわからなかったからだよ」そういって、軽い笑い声をあげた。「いままでケイティは気にもしていないようなふりをしていたからな。ぼくは忙しすぎて、かまってやれなかったし」そういって、あごを突き上げ、考え深げなまなざしでベスを見た。「最近のケイティは光り輝いているよ。きみはケイティの心をつかんでいるんだ。ぼくの心までつかまないでもらいたいね」

「そんな冷たいものを、どうしてつかまなきゃならないんですか?」ベスがおだやかな声でいった。「そんなもの、ほしくもありませんもの。ともかく、あなたはわたしがほしくないんでしょう?」

ジュードはベスに鋭い目を向けた。

「下にいるときは、きみがほしかったよ」そういって、ベスを驚かせた。

ベスは顔をまっ赤にそめ、ジュードは眉をつり上げた。

「きみがあんな反応をするとは思わなかったからな」かれはいった。「まさしくきみは処女だよ」

「自分で選んだわけじゃありません」ベスは冷ややかにいった。「クリスタルといっしょに暮らしていましたから、わたしが男性の注意を引ける機会なんてなかったんです」

「見かけだおしの金ピカものは、黄金をかすませるものなんだよ」ジュードがベスを見つめながら、考え深げにいった。「きみの義理の姉は確かに美しい。きみはボーイフレンドをみんなクリスタルに奪われたんじゃないのか?」

「ええ、ひとり残らず」

「そういう男なら気にする必要はない」ジュードがいった。「きみは純潔を守って、たぶんよかったんだよ」

「この年では、あまり心の慰めにもならないわ」

ジュードは探るような目でベスを見つめた。

「きみは年をとっても、あまり変わらないだろうよ」低い声でいった。「しっかりした骨格をしているからね」

ベスは目を細くしてジュードを見つめた。いつもほどジュードが近づきがたくないような気がした。クリスタルがやってくるまえに、かれの注意を引くなんらかの方法が見つかりさえすれば……。

ベスは神経質そうに唇をふるわせながらいった。

「ジュード……あなたは疲れてらっしゃるんでしょう?」

ジュードはきらめく目でベスの全身を眺めた。

「ぼくが疲れていなければ、からだを差し出してくれるのかね?」

「ほしいんですか?」

ジュードは大きく息を吸い、一気に吐いた。

「ああ、もちろんだよ」自分をさげすむようないい方だった。「ぼくはきみがほしいんだ」

ベスはさまざまな感情がこみ上げるなか、急に立ち上がった。思いきって、ジュードに顔を向けた。ナイトガウンに手をかけ、ゆっくりと下げて上半身をあらわにすると、やがて床に落とした。

ジュードはいままで女を見たことがなかったかのような目で、そんなベスをじっと見つめていた。少し顔を赤くそめ、目に欲望をみなぎらせた。

「優美でエレガントだ」ジュードが息をひそめていった。「きみは自分のからだを差し出すときでもプライドを高くしていると思っていたよ。きみはきれいだ、ベス」かすれた声でいった。「とても愛らしい。ぼくを誘惑しないでくれないか。ぼくは長いあいだ飢えているんだから」

ジュードは顔をそむけたが、ベスは思い切ってかれの腕を取った。

「そんなに……そんなにわたしがいやなんですか」

「ちがう」ジュードは首を振った。「その逆だよ。しかしもしもきみが妊娠したりしたら……」

ベスは顔を輝かせ、目をなごませた。

「なにをおっしゃるんです」ささやき声でいった。「わたしはあなたの子どもを生みたいわ」

ジュードはからだをふるわせた。

「ベス……」

「息子がほしくはないんですか、ジュード?」

ジュードは手を伸ばしてベスを抱き寄せ、彼女の髪に顔をうずめた。

「ああ」ジュードが痛ましい声でいった。「息子がほしいよ。きみがほしいよ。しかし……」

「どうしたんですか?」

ベスの背中にあてたジュードの手に力がこもった。

「ベス、きみはぼくが戦地に行ったことは知っているだろう?」

「ええ」

「ぼくの部隊は奇襲を受けて、ぼくは爆弾の破片を浴びたんだ。右の尻と太ももは月面のようになっているよ。いまではひきつれが残っているだけだが、明かりをつけたままでする気にはなれないんだ」

ジュードはそういって笑ったが、ベスはジュードのプライドを思って胸を痛めた。

「わたしは明かりがついたままでもかまいません」彼女はジュードの耳もとにそうささやいた。「あなたが胸や脚をなくしていても、気にしません。それでもあなたはジュード・ラングストンなんですもの」

ジュードが息をのみ、ベスは自分の言葉に効きめがあったことを知った。

「朝になったら、後悔することになるかもしれないぞ」ジュードがいった。

「朝になってから考えることにします。ジュード、お願いだから……」

「頼む必要なんかないさ。ぼくがどれほどどきみをほしがっているかがわからないのか？」

ジュードは顔を下げてベスに情熱的なキスをした。ベスはつのりゆく欲望に身をまかせた。

ベスはやがて抱き上げられるのを感じた。そしてベッドに横たえられると、ジュードがじれったそうに服を脱ぐのを見守った。ベスはかれがしらふではないのを知っていたが、ようやくふたりのあいだにあった壁の一部がなくなったいま、この機会を大切にしようと思っていた。ジュードに見つめられても、ベスは目をそらさなかった。かれの尻と太ももに残るひきつれに、じっと目を向けることさえした。見て気持ちのいいものではなかったが、ベスが予想していたほどひどいものでもなかった。ひきつれがある以外は、ジュードのからだはたくましく、毛深かった。動くと筋肉が豊かに波打った。胸は厚く、腰は細く、しなやかな猫のようだった。

「なにもいうことはないのかね？」ベスのそばに横たわりながら、ジュードがいった。

「わたしが気を失うとでも思っていらっしゃったんですか？」ベスは小さな笑みを浮かべた。「ほとんど気を失いそうでしたけど、ひきつれのせいではないわ」

ジュードは眉をつり上げ、おもしろそうに含み笑いをした。

「裸の男を見たことがあるのかね？」

ベスは首を振った。

「乱暴なことはしないように注意するよ」そういって、かれは優しいキスをした。「しかしうまくできないかもしれないな。まえに女とベッドを共にしたのは、ずいぶんまえのことだから」

ジュードにキスをされているうちに、ベスはつつしみを忘れてしまい、かれのからだに腕をからめた。いかめしい仮面の下にあるジュードの素顔を初めて見たような気がしていた。

「そんなふうに思ってらっしゃるなんて、知りませんでした」思いがけず胸を触られたとき、ベスがそうささやいた。

「どうしてだね？」

「だって、いつもわたしをなじってらっしゃいましたもの」

「わからないのかね?」ジュードが冷ややかにいった。少しためらっているようでもあった。「ぼくはきみを愛しているわけじゃないんだよ、ベス。きみがほしいだけだ」

ベスはいたたまれない気持ちになり、ジュードから逃げ出したくなった。けれどジュードのふるまいと目には、言葉とはちがうものがあった。ベスはがまんしなければならなかった。少なくともジュードは求めてくれている。子どもができて、ベスのおなかが日ましに大きくなっていくのを見れば、ジュードも心をなごませるかもしれない。

「わたしは奇蹟を期待しているわけではないの」ベスがもの静かな声でいった。「わたし……わたしは、あなたを歓《よろこ》ばせてあげたいんです。どうしたらいいのか、いってください」ベスはそうたずねて、ダイニングルームでしたように、ジュードのたくましい胸に手をあてた。

驚いたことに、ジュードは急に仰向けになった。

「やめないで、つづけてくれないか?」

はじめのうち、ベスは恥ずかしがっていたが、やがて思い切ってジュードの胸を撫《な》でまわしはじめた。ジュードはまるで中東の君主のように、仰向けになったままかすかな笑みを浮かべて、ベスをじっと見つめていた。

ベスの手が腹の少し下まで這い下りて止まったとき、ジュードは彼女のとまどった顔を見て、にっこり笑った。

「臆病《おくびょう》だな」ジュードがからかった。

ベスは笑みを浮かべた。

「こんなこと、いままでしたことがないんですもの」

「そのうち慣れるさ」ジュードは上体を起こし、ベスを抱き寄せて、彼女の小さな乳房を自分の胸に押しつけた。「さあ、今度はぼくの番だ」かすれた声でそういうと、キスをしてベスをあえがせた。「ぼくの番だよ」またかすれた声でいうと、ベスを仰向けに横たわらせた。

ベスのからだは燃えるように熱くなっていた。ジュードはベスの全身に手をさまよわせ、そのあとを唇でたどった。部屋のなかは静まりかえっていて、ふたりがたてる小さな音が聞こえるばかりだった。

ふとベスが目を開けてみると、ジュードがたくましいからだを沈めようとしているところだった。

「怖いのかね?」ジュードがささやき声でたずねた。

「ええ」ベスは不安そうにいった。

「痛いのは最初のときだけだよ」ジュードは優しくささやいて、たくましいからだの動きをできるだけ抑えようとした。「ひどく痛むかい?」

ひどく痛んだが、ベスは首を振った。けれど嘘《うそ》をついたことを、すぐに認めることになってしまった。ベスはなすすべもなく、からだを弓のように反らした。とつぜんジュードは目に気づかうような色を浮かべ、腰の動きを大きくして、ベスに不思議な新しいリズムを教えた。

ベスは、自分がひどい熱病にかかって死にかけているかのように思いながら、いいようのない甘美な拷問にとらわれるまま、なにもかもを忘れてしまった。全身が熱く燃え、息をつくひまもなかった。たまらないほど気持ちがはりつめていた。

「いやよ」ベスはじれったそうにいうと、ジュードの背中に爪を立て、肩に噛《か》みついた。

「もうがまんできないわ」

ジュードは誇らしげに笑っていた。かれはもがくベスを押さえつけると、腰を強く押しつけた。たちまち歓喜の爆発が起こり、炎が燃えあがり、はりつめていたものがふいにゆるんで、ベスは落ちていった。深く深く落ちこんでいった。

何時間もたったように思えるころ、ベスはまた普通に呼吸ができるようになった。ジュードの胸を濡《ぬ》らしていた熱い涙も止まった。ベスはからだを小刻みにふるわせていた。ジュードも歓喜の余韻をつづかせて、からだをふるわせていた。

ジュードはベスの顔を自分に向けさせ、息をのんでじっと見つめた。

「予想していたものとはちがったかい？」優しい声でたずねた。

「わたし……痛いだけだと……思っていたんです」

「痛かったんだろう。悲鳴をあげたじゃないか」

ベスは顔をまっ赤にして、両手で顔をおおった。そんなベスを見て、ジュードが笑った。優しい笑い声だった。そして彼女がいままで見たことがなかったまなざしをして、彼女をじっと見つめた。ジュードの息づかいは、また荒いものになっていた。

「さっきのは、きみのためのものだったんだ」ベスのからだをまさぐりながら、かれはかすれた声でいった。「今度は」唇を寄せながらいった。「ぼくのためのものだよ」

ベスにとっては、長くもあり短くもある夜になった。夜明けが外の闇《やみ》をゆっくりと白ませていくなか、ベスの全身は、頭から爪先まで快感に酔いしれていた。おとろえることを知らないジュードの欲望に、ベスはただただ驚かされるばかりだった。

けれど夜の優しい恋人は、ジュードがベッドから出て服を身につけはじめたときには、すっかり姿を消してしまっていた。かれは苦々しい顔をしていた。ベスはジュードがいつ明かりを消したかも覚えていなかった。

ジュードはシャツを着てから明かりをつけると、ジーンズをはいたままじっと立ち、なんの感情も浮かんでいない目でベスを見つめた。

ベスはジュードにじっと見つめられ、恥ずかしくなってシーツで胸をおおった。

「これでよくわかっただろう?」ジュードがそういって、あざけるように笑った。「ぼくがただ欲望を満たすためだけに、きみをほしがっていることが。しかしそうだからといって、ぼくを思いどおりにできるなんて考えないでくれよ。ぼくはきみのものになるつもりなんてないんだから。たとえ、昨夜のことで子どもができようがね。赤ん坊をほしいといったのが、本気だったのならいいんだが、ぼくはきみとは距離をおきつづけるつもりなんだからな。朝になったら、アギーにきみのものをぼくの部屋に移させる。これからはきみは、ぼくの部屋で寝るんだ」

ベスはジュードを見つめ、ジュードのいっていることをゆっくりと理解した。

「でも……あなただって……子どもがほしいとおっしゃったじゃありませんか?」

「ぼくはきみがほしかっただけだよ。それくらいわからないのか?」ジュードはうなるようにいって、ベスをにらみつけた。「ぼくは欲望を満たすためなら、どんなことにも応じただろうよ」そういってため息をつくと、顔をそらして髪をかきむしった。「ぼくはもう何カ月ものあいだ、女には飢えていたんだ。寂しい夜は酒で気をまぎらしていた」そういって、またベスに顔を向けた。「そうしたら、きみがあのナイトガウンを脱いで、ビーナスのようにぼくに近づいてきたんじゃないか。ぼくだって人間なんだぞ」

ベスは枕《まくら》に顔をうずめて、目をきつくつぶった。涙が頬を濡らしていた。いまのいままで、ジュードがふたりで分かち合ったものを喜んでくれていると思っていたのだ。けれどそれは、ふたりの結婚のように、はかないものでしかなかった。

「泣いたってむだだ」ジュードが冷ややかにいった。「忘れるんじゃないぞ。きみからしかけたことなんだからな」

けれどベスは答えなかった。なにもいえなかった。胸が張り裂けてしまいそうな思いをしていた。

ジュードはしばらくベッドのそばに立っていた。ベスになにかいおうとしているようだった。けれどかれはそのままなにもいわずに立ち去ってしまい、ドアの閉まる音がした。

6

ベッドから出て元気なふりをすることは、ベスにとってたまらなくつらいことだった。ベスはジョージアから連れてこられたときに着ていたジャージのドレスを着ると、髪をうなじでまとめた。ジュードと顔を合わせるだけだし、自分がかれにどんなふうに見えようが気にもならなかったので、化粧もしなかった。ベスはジュードを深く愛していた。そしてジュードが少しは気づかってくれていると思っていたのだった。けれどジュードが求めるものはセックスだけだった。

ベスはブラシを手にすると、やや荒っぽく髪をといた。昨夜はばかなまねをしてしまったと、そう思わずにはいられなかった。けれど彼女は背筋をすっくと伸ばした。ケイティのために明るい顔をして、うまくいっているふりをしなければならなかった。

ベスはケイティの部屋に行き、ドアをノックした。そして部屋のなかをのぞきこんで、ベッドにいるケイティに笑みを浮かべた。

「おはよう、ケイティ」ベスは優しい声でいった。「もうサンタクロースが来ているんじゃないかしら。下へ、見に行かないの?」

ケイティはすぐに目を覚ました。

「そうだったわ。早く行きましょうよ」

彼女はベッドから飛び出し、ピンクのローブをつかんでスリッパをはいた。

ベスはケイティの肩に腕をかけ、ふたりは階段を下りていった。ベスはジュードと顔を合わせるのを恐れていた。

昨夜ケイティを二階に行かせたあとで、ベスがツリーの下に置いておいたプレゼントはそのままあったが、それ以外のプレゼントもあった。ベスは大きな箱を見て、不審に思った。茶色の紙に包まれていて、リボンが結ばれていた。たぶんアギーが置いたのだろう。

「パパを呼んだほうがいいんじゃないの?」ケイティが階段の下でたずねた。

「ええ、そうね。二階に行って、お父さまのお部屋をノックしたら?」

「そんなことをする必要はないよ」ジュードの声が廊下からした。「もう起きているからね」

ジュードはコーヒーカップを手に、ジーンズだけを身につけていた。胸毛におおわれた、たくましい胸がむき出しで、足もはだしだった。

ベスはジュードの目を見ることができなかった。そしてかれを意識しながら、ケイティのあとからリビングルームに入った。

「わたしがプレゼントを開けるのを、見に来ると思ってたわ」ケイティはそういって笑い、ジュードの手を引っ張ってツリーに近づいた。「ほら、これはわたしからパパへのプレゼントよ」

ジュードは床に座りこみ、プレゼントを開けて、ケイティが自分のお金で買ってくれたシガレットケースを見ると、うれしそうに礼をいった。

「パパ、ありがとう」

ケイティがジュードからのプレゼントを開けて、顔を輝かせていった。全自動のカメラで、ストロボもついていた。

「覚えてくれてたのね？」

「あれだけいわれれば、忘れるものか」ジュードがいった。

ベスは、ケイティが毎朝食事のときにほのめかしていたことを思い出し、吹き出しそうになった。

「きみはプレゼントを開けないのかね？」ジュードが顔を向けないまま、ベスにいった。

「ほら、ここにわたしからのプレゼントがあるのよ」ケイティがそういって、ベスに小さなプレゼントを手渡した。

「それじゃないんだが、まあ開けてみたまえ」ジュードがいった。

ベスはリボンをほどき、包みを破いて、お気に入りのコロンを目にした。彼女はかがみこんで、ケイティにキスをした。

「ありがとう、ケイティ」優しい声でいった。「これはわたしのお気に入りなのよ」

「気に入ってくれると思ってたわ。わたしもお礼をいわなきゃ」ケイティも、ベスからもらったオルゴールを抱きしめていった。

ジュードが手を伸ばし、大きな箱を取ってベスに手渡した。

「わたしにプレゼントがあるなんて、思ってもいなかったわ」ジュードと目を合わせないようにしながら、ベスはいった。

「ぼくもだよ」ジュードはそういうと、ネクタイの入っている箱をつかみ上げた。

ベスは包みを破り、ジュードがくれたものを目にすると、ものもいえなくなってしまった。目に涙がにじみ、涙を流さないよう、唇を噛《か》まなければならなかった。サンアントニオ空港で見かけ、すぐに気に入ってしまった絵だった――広々とした平原に、牧場の家と水車が描かれている絵だった。

「きみには口がないのかな?」ジュードがからかった。

ベスは大きく息を吸った。

「ありがとうございます」胸を打たれ、もの静かな声でいった。「この絵がほしくてたまらなかったんです」

ジュードはなにもいわなかった。かれがネクタイの入った箱を開けようとすると、ベスはそっとかれの腕に触った。

「それは開けないでください」彼女はそういった。「ただのネクタイしか入っていませんから。別のプレゼントがあるんです」

ベスはあわてて二階に行って、タンスの引き出しに入れてあったミニパソコンを取り出した。そして息をはずませながらリビングルームに戻ると、小さな箱をジュードに手渡した。

ジュードは面食らいながら、ゆっくりと包みを開けた。そしてミニパソコンを目にすると、ベスをじっと見つめた。

「ぼくがこれをほしがっていることが、どうしてわかったんだね?」

ベスはもじもじした。

「わたしがこの絵をほしがっているのを、あなたがお知りになったのと、同じことですわ」

ジュードは安楽イスにもたれかかり、おしはかるようにベスを見た。

「さあ」ジュードがいった。

「さあ、って?」

「ぼくにはキスをしてくれないのかね?」ジュードは眉《まゆ》をつり上げていった。「ケイティにはキスをしてやったじゃないか」

「そうよ。キスしてあげなきゃいけないわ、ベス」ケイティも父親に調子を合わせた。

「今日はクリスマスなんだから」

「ベスは恥ずかしがっているんだよ」ジュードがケイティにいった。「さあ、アギーを見つけて、プレゼントがあるといってきなさい」

「ほんとうなの？」ケイティは笑い、跳びはねながらハウスキーパーを捜しに行った。

ふたりきりになると、ベスは顔をまっ赤にして、カーペットに目を落とした。

「恥ずかしいのかい？」ジュードがからかった。「もうぼくは、きみの頭から爪先《つまさき》まで、すっかり知っているんだがね」

「いいえ」ベスはそういって、目を上げた。「わたしの心のことはなにもご存じじゃありませんわ」

「そんなもの、気にもしないね」ジュードがにべもなくいった。「ぼくが興味をもっているのは、きみのからだだけだよ。さあ」

「地獄に落ちればいいんです」

「今日はクリスマスなんだよ」ジュードはあごを突き上げ、笑みを浮かべたが、親しげな笑みではなかった。「さあ、ベス。キスをしてくれないんなら、きみがぼくを好きじゃない、とケイティにいうぞ」

「そうおっしゃればいいんです。ほんとうのことなんですから」ベスは本気でいった。

ジュードはからだをまえに乗り出し、ベスの手首をつかむと、強く引っ張って抱きしめた。

「ぼくを相手に闘ってみたらどうだ」そうささやいて、かすれた笑い声をあげた。「どっちが勝つかな?」

ベスは息をのみ、自分がどれほどジュードを嫌っているかを目で示そうとした。けれど、もがくのはやめていた。ジュードはベスを押さえこむのを楽しんでいるようだった。ジュードらしいことだった。

「じっとしているほうがいい」

ジュードはそうつぶやきながら、ベスに顔を近づけた。ベスにもジュードの息がはっきりと感じ取れた。

「さあ、昨夜のように、口を開けて、おたがいを味わいつくそうじゃないか」

ベスはいやがったが、からだは気持ちとはうらはらに、ジュードの言葉に従っていた。ベスは冷静になって、なにも感じないようにしようとしたが、ジュードにむさぼるようなキスをされると、いつのまにかかれの激しい抱擁にうっとりとしてしまった。かれが欲望をつのらせていることがはっきりわかり、そのことがうれしかった。

「そうだよ」ジュードがベスの反応を感じ取って、ささやき声でいった。「それでいいんだ。ぼくに抱きつくんだよ」

ベスはジュードに腕をからめた。

「ケイティが……」ベスはふるえる声でささやいた。

「戻ってきたら、足音が聞こえるさ」ジュードがささやき返した。「ベス」そういうと、片手を這《は》わせて胸をもみしだき、情熱的なキスをしてベスをうめかせた。

ジュードは親指を使ってベスを苦しめていた。ベスは逃げようとして身をよじったが、かれの指がいつのまにかブラジャーの下にもぐりこんで、柔らかいふくらみをつかんでいた。

顔を離したとき、ジュードの目は欲望に燃えていた。

「今晩いっしょに寝るんだよ」かすれた声でいった。「またきみを自分のものにするつもりだ。何度もね」そういって、また激しいキスをした。「ああ、きみがほしくてたまらないよ」

ジュードに腰を押しつけられて、ベスはかれの欲望の強さを思い知らされ、あえいでしまった。

「きみにもわかるだろう?」

ジュードが荒い息をしながらいった。

「男は女とちがって、欲望を隠すことができないからね。きみを知ったことで、ますますきみがほしくてたまらないんだよ。きみを食べてしまいたいほどだ。きみもほかの女と変わりはないからな」

ベスは顔をそむけて、目をつぶった。ジュードはベスを傷つけることをやめそうになかった。

ジュードは急にからだを離すと、安楽イスに座った。そしてタバコをくわえ、コーヒーテーブルにあったマッチをとると、少しふるえている手で火をつけた。

ベスは乱れた髪を整えた。

「そう乱れてはいないよ」ジュードがベスをにらんでいった。「きみはどんなことがあっても、乱れるということがないからな。ぼくに激しく求められてもだ」

ベスは腰をかがめ、プレゼントの包み紙を拾って、あいた箱のひとつに入れた。

「なにかいいたいことはないのかね?」

「なにをいってほしいんですか?」ベスはジュードに顔を向け、おちついた声でいった。「わたしはあなたに抵抗することもできないんです。経験不足で、あなたがなさることをいやがるふりをすることもできないんですから。でも、そんなわたしをおもしろがるなんて、ひどいわ」

ジュードは笑ったあと、目をそらした。

「しかしぼくは親切な男じゃないんだよ。親切な男だというふりをするつもりもないね」

「それほどわたしのことがお嫌いなら、離婚してください」ベスはプライドを高くしていった。

「どうすればきみを満足させられるんだろう?」ジュードは皮肉をこめていった。「油田がひとつほしいのか?　毎年ミンクのコートやフェラーリを買ってほしいのか?」

「お金なんかほしくないわ」ベスはそういい、かがみこんで散らばったリボンを拾い集めた。「ほしいと思ったこともありません。ほしいものは自分で働いて手に入れますから」

「ようやくきみのことがよくわかったよ。テーブルで給仕をするのが好きなんだ」

ベスは冷ややかにジュードを見つめた。

「仕事に上下の隔てはありませんわ。わたしだってほかの人と同じように給仕することができます。うまくできるかどうかはわかりませんけど、きつい仕事を怖がったりはしません。お金はくださらなくてけっこうです」

ベスは小さな笑みを浮かべてつけ加えた。

「わたしには必要じゃありませんから。お金もあなたも」

ジュードは目をぎらつかせ、脅かすようにゆっくりと立ち上がった。

「そうかな。ぼくはきみを泣かせることだってできるんだぞ」

ベスは背筋を伸ばしていった。

「ええ。わかっていますわ」

ジュードはうんざりしたように手を振った。

「ここまでクールだとはな」

「アギーを連れてきたわよ」ケイティがそういいながら、ハウスキーパーを連れてリビングルームにやってきた。

彼女はベスの青ざめた顔を見ると、すぐに立ち止まり、父親の赤らんだ顔に目を移した。

「わたしの姉が休暇を過ごしにやってくることを、あなたのお父さまにお話ししていたのよ」

「クリスタルが来るのか？」

「ええ」ベスは弱々しい笑みを浮かべていった。「もっと早くお話ししようと思っていたんですけど、どう切り出したらいいのかわからなかったんです」

「ぼくならかまわないがね」ジュードは笑みを浮かべていった。「きれいな人だから。いつまで滞在するんだね？」

「そこまでは知らないんです」

ジュードはベスの顔を探るように見た。

「競争相手ができることを怖がっているのかね？」

ベスは顔をそらした。

「クリスタルにはかないっこありません。彼女はほしいものはなんでも手に入れるんですから」

ジュードは妙に真剣な目でベスを見つめた。けれどなにもいわなかった。タバコを吸って、ケイティとアギーに背を向けた。ケイティとアギーは、ベスからのプレゼントのスカーフと、ジュードとケイティからのプレゼントのショールを見て、うれしそうにしゃべっていた。

そのあと、ジュードは食事のために二階へ着替えに行き、ケイティとベスはアギーを手伝ってテーブルを整えた。テーブルは、ベスが料理の本を見て作ったたくさんの料理であふれていた。

ベスは食欲がなかったが、なんとか料理を口にした。ジュードは料理をあまり口にせずにベスに目を向けつづけ、ベスは目を合わさないようにしていた。確かにベスはジュードを誘惑した。それほどかれがほしくてたまらなかったのだ。ベスは恐ろしい男を愛していた。そしてその男はベスを必要とはしていなかった。

ベスは繊細なカップに入れられたブラックのコーヒーをじっと見つめた。どうしてジュードはわざわざあの絵を買ってくれたのだろうか、と不思議に思わざるをえなかった。ケイティのためなのだろうか。平穏を保つためのものなのだろうか。ベスはため息をついた。寂しそうな、うちひしがれたため息だったので、みんながベスに目を向けた。

「ベス、どうしてそんなに悲しそうにしてるの？」ケイティがたずねた。

「セニョリータはクリスマスをいっしょにお祝いできるお母様がいらっしゃらないんですよ」

アギーが優しい声でいった
「悲しそうにしてらっしゃるのも、むりはありませんね」

ベスはアギーに目を向け、笑みを浮かべた。

「ありがとう。でも、わたしならだいじょうぶよ。いまはいっしょにお祝いのできる家族がいるんですもの」

ジュードがとつぜんナプキンを投げ捨てて立ち上がり、書斎に入ってドアを閉めた。

「パパはどうしたのかしら?」ケイティがびっくりしてたずねた。

ベスは首を振った。

「あなたのお父様は……」

もう少しで〝わたしが好きじゃないのよ〟というところだったが、ケイティのことを思って、危ういところで言葉を変えた。

「クリスマスがお好きじゃないのよ。ご迷惑をおかけしたみたいだわ」

「でもツリーが好きだっていってたわよ」

ケイティはそういって、にっこり笑った。

「それにベスのほしがってた絵を見つけるのに、時間がかかったんですって。もう売れてしまってて、買った人を見つけて譲ってもらったのよ」

嫌っている者のためにそこまでするというのは、ずいぶん妙なことだった。けれどベスがジュードの妙なふるまいについて考えようとしたとき、電話のベルが鳴った。アギーが電話に出て、すぐにベスを呼んだ。

ベスは運命の鐘が鳴り響いているように思いながら、アギーから受話器を受け取った。今日電話をかけてきそうな者はひとりしかいなかった。

「もしもし」ベスがいった。

「メリー・クリスマス」クリスタルのはずんだ声がした。「誰《だれ》かを空港まで迎えによこしてよ。あなたたちを喜ばせるために、いま着いたばかりなの」

7

ジュードとベスが着いたとき、空港には人が大勢いたが、クリスタルを見つけるのはむずかしいことではなかった。彼女はどんなところにいても人目を引いた。顔立ちが整い、すばらしいプロポーションをして、ブロンドの長い髪を垂らしているクリスタルは、息をのむほど美しかった。

「迎えに来てくれたのね」クリスタルはそういいながら、ベスとジュードのいるところへ走ってきた。

けれど、クリスタルが抱きついたのはジュードのほうだった。ベスがびっくりして見守っているなか、クリスタルはジュードの口にキスをした。そばにいる者が恥ずかしくなるような、情熱的なキスだった。ひどいことに、ジュードはまったく気にならないようだった。クリスタルを抱きしめると、笑いながら腕を解いた。

「やあ」ジュードはにっこり笑っていった。「いつまでいられるんだい？」

「わたしをいさせてくれるかぎり、ずっといましてよ」クリスタルはうれしそうに笑みを浮かべながらいった。「伯爵とけんかしてしまったから、ビッグメスキートを離れないかもしれないわ。かまわないかしら？」

クリスタルに抱きしめられているあいだ、ベスは身をかたくしていた。クリスタルの愛情が見せかけだけのものであることを、彼女は確信していた。

「久しぶりね」クリスタルがベスにいった。「お母さまが亡くなったから、あなたにとって、今年はいいクリスマスじゃないでしょうね」

ベスは目に涙がにじみそうになり、顔をそらした。「来てくれてうれしいわ」彼女は心にもないことをいった。

「今日はずいぶんおとなしいのね、ベス」ベンツに乗りこんだとき、クリスタルがいった。

ベスが予想していたように、クリスタルはさっさとまえの席に乗りこんだので、ベスは後部席に乗らざるをえなかった。

「ひどい夜を過ごしたもんでね」ジュードがいった。

「あなたたちふたりが結婚した知らせを受け取ったときは、びっくりしたわ」クリスタルがジュードにいった。「あなたは女につかまるつもりはないとおっしゃってたんですもの」

「そのとおりだよ」

ジュードはそういって、タバコに火をつけた。

「ぼくがベスと結婚したのは、あのいまいましい株のためなんだ。きみたちの母親のおかげで、そうする以外に、あの株を自分のものにすることができなかったからね」

「母はあなたをひどく嫌ってたんですものね」クリスタルは笑った。「かわいそうなジュード。結婚生活はひどいものなのかしら？」

後部席にひとりで座っているベスは、ふたりをなぐりたい心境だった。ジュードがケイティをいっしょに連れてきてくれていれば、話のできる相手もいたのに。

「報いはあるよ」ジュードがバックミラーに目を向けていった。「そうだろう、ベス」

「ええ」ベスは甘い声でいった。「ケイティがいますもの」

ジュードはその返事が気に入らず、ベスをにらんだが、クリスタルは笑っただけだった。

「あなたらしいわ、ベス。あなたは子どもが好きだったもの。自分の子どもは作るつもりなの？」

「ええ」ベスは簡潔にいった。

「ベスはケイティと仲がいいんだよ」ハイウェーに出たとき、ジュードがいった。「もう友だちみたいにしている」

「ケイティに早く会いたいわ」クリスタルは笑みを浮かべていった。「まえに会ったときは、まだ赤ちゃんだったんですもの」

「きみはずいぶん長いあいだ親睦《しんぼく》会に来なかったね」ジュードがいった。

「忙しかったんですもの」クリスタルはため息混じりにいった。「いろいろ旅をしてましたから」

　そしていろんな男と寝ていたんでしょう。ベスはそう思ったが、なにもいわなかった。ただ、窓から外の景色をじっと眺めていた。

　牧場に着くと、ベスはクリスタルを客用の部屋に連れていった。ふたりきりになった機会を利用して、ベスは気にかかっていることをたずねた。

「正直にいってちょうだい」クリスタルが化粧品の入ったバッグをベッドに置いたとき、ベスがいった。「いつまでいるつもりなの？」

「ほんのしばらくのあいだだけよ」クリスタルは明るい顔をしていった。「かまわないでしょう。わたしにはしばらくからだを休める場所が必要なのよ」

　ほんとうなのだろうか。ジュードを狙っているのではないだろうか。ベスは苦々しくそんなことを思ったが、不安は隠しておくことにした。

「もちろん歓迎するわ」

　クリスタルが窓からふりかえり、ベスを見つめた。

「結婚はうまくいってないの？」少しおもしろがっているようないい方だった。「どんな関係でも、最初からうまくはいかないものよ」

　ベスはクリスタルを見つめることしかできなかった。

「パリの生活はどうだったの？」

クリスタルは夢でも見ているような顔をした。

「もちろんすばらしかったわ」クリスタルは、神経質そうな笑い声をあげた。「ベス、わたし……」そういって義理の妹に目を向けたが、顔をしかめているのを見て、肩をすくめた。「ともかく、わたしを歓迎してくれてありがとう」

ベスはクリスタルに背を向けた。

「さあ、おちついたら、下に下りていらっしゃい。あなたに会ったら、ケイティが喜ぶわ」

「あなたもそうならいいのに」クリスタルはそういったが、ベスはもう階段を下りていた。

ケイティはクリスタルに礼儀正しく接していたが、ベスはケイティがクリスタルを気に入っていないらしいことを感じ取っていた。

「クリスタルはベスとはずいぶんちがうのね」その日の午後、ベスとふたりきりで牧場を歩いているとき、ケイティがそういった。

クリスタルはジュードに会社のコンピュータシステムを説明してくれとせがみ、自分の思いどおりにしていた。

「ええ」ベスはそういって、革のウインドブレーカーの襟を合わせた。「まえからまったくかけ離れていたわ。似ているところがひとつもないのよ」

ケイティはため息をつき、ベスに身を寄せた。

「ベス、赤ちゃんを作るつもりなの？」

「そう願っているわ」ベスはケイティに目を向けた。「あなたはかまわないの？」

「もちろんよ」ケイティが正直にいった。「わたし、赤ちゃんの世話がしたいもの。赤ちゃんが好きなのよ。いいにおいがするもの」

ベスは笑みを浮かべ、抱いたりキスのできる赤ん坊が生まれることを夢に見た。その赤ん坊は自分ひとりのものではなく、ケイティと……。ベスの笑みが消えた。ジュードが子どもをほしいといったのは、本気ではなかったのだ。ベスのからだをほしいばかりに、調子を合わせただけだったのだ。

「ブランケットが食事をするのを見に行かない？」ケイティがいった。「ブランケットはよく働くって、バンディがいっていたわ。いい馬になりそうなんだって」

「乗っている人を落とすようなことをやめればね」ベスはそういって笑った。「さあ、見に行きましょう」

ふたりが馬房のあいだにある広い通路を歩いていくと、ブランケットはカラス麦を食べていた。そしてたてがみを振ると、用心深く近づいてくるふたりを、大きな目でじっと見つめた。ベスがブランケットに片手を伸ばした。

「気をつけなきゃ」ケイティがいった。「噛《か》まれちゃうわよ」

「わかっているわ。でも、いまはわたし以外に食べる物があるもの」

ベスはそういって笑い、たてがみを優しく撫《な》でた。

「ブランケット、あなたはかわいいわね。わたしはまえから馬がほしかったんだけど、まだ飼ったことがないのよ。母が長いあいだ病気だったから、ずっと世話をしてあげなきゃならなかったの」

「ベスが育ったのはどんなところだったの?」ケイティがたずねた。

ベスは夢見るような目をした。

「緑に囲まれていたわ」

懐かしそうにいった。

「大きなペカンの木がいっぱい茂っている。家は二階建てで、玄関には柱が立ち並んで、裏には岩を利用したあずまやがあるのよ。わたしの母の祖母は家の表に面したベッドルームで生まれたの」

ケイティはベスを見つめて笑みを浮かべた。

「わたしみたいに、学校へ行ったの?」

「わたしは北部の寄宿学校に行ったのよ。あまり好きじゃなかったけど、それがはやりだったから。わたしは街の私立学校に行きたかったわ。そこなら家から通えるんですもの」

「わたし、いまの学校へ行けてうれしいわ」ケイティがいった。「友だちといっしょに通えるもの」

「わたしにはお友だちなんていなかったわ」

ベスは正直にいった。

「ひとりだけはいたけど。でもその人は死んでしまったのよ。長いあいだ悲しかったわ。そのことがあってから、あまり人と親しくしないようにしているの」

「わたしはどうなの？」

「あなたは別よ」ベスは笑みを浮かべた。「あなたは特別な人ですもの」

ケイティはベスに抱きついた。

「ベスもよ。ベスがお母さんになってくれて、とてもうれしいんだから」

「わたしもよ、ケイティ」

ベスはジュードによく似たケイティの黒い髪にキスをしたあと、ブランケットの鼻面を撫でた。

「乗馬は好き？」ケイティがたずねた。「鞍《くら》ならたくさんあるし、ベニーは羊のようにおとなしい馬よ」

ベスは顔を輝かせた。

「それはいいわね」

「行きましょうよ」

数分後、ふたりは並んで牧場の道に馬を走らせていた。肌寒かったが、気持ちがよかった。

「ブーツをはいてくればよかったわね」

ベスはそういって、ため息をついた。

「ジーンズを身につけることはいうまでもないけど。ドレスで馬に乗るなんてばかげているわ。誰《だれ》かに見られたら、どうしようかしら」

ケイティがベスのはだしの足を見て笑った。

「誰にも見られないわよ」

ふたりは林のなかを進んだ。ベスはこれほど生気を感じたことはないと思った。書斎にいるジュードとクリスタルのことも忘れていた。いまのいきいきとした感じと、目のまえに広がる景色以外、なにもかも忘れはてていた。

「家畜が寒そうね」ベスがフェンスのなかにいる家畜を見ていった。「わたしも寒いわ」そういって、はだしの足に目を向けた。「そろそろ戻りましょうか……」

「こんなところにいたのか」

ジュードの声がした。ジュードは栗毛の馬に乗ってやってきたのだった。帽子を目深にかぶり、怒っているようだった。そしてベスのはだしの足を見ると、息をのんだ。

「頭がおかしくなったのか?」

「怒らないでよ、パパ。お願い」ケイティが優しい声でいった。「わたしたちは馬に乗りたかったし、わざわざ着替えに帰る必要もないって、わたしがいったのよ」

「なにをいうんだ。ベスが肺炎にでもなったら、どうするんだ」ジュードが怒った声でいった。

「いま帰るところだったんです」ベスはもの静かな声でいい、馬に向きを変えさせた。楽しい雰囲気は消えてしまい、興奮して輝いていたベスの顔も、がっかりした表情に変わっていた。

「さあ、ケイティ。まだまだ寒くなっていくぞ。家のなかで遊びなさい」ジュードが厳しくいった。

「はい」

ケイティはすまなそうな目をベスに向け、しぶしぶのように馬を引き返させた。

ベスは鞍にまたがって背筋を伸ばし、ジュードを見つめた。

「クリスタルはどこにいるんですか?」

「家だよ。義理の妹がどうして話もしてくれないのだろうと、思っているだろうな」ジュードが冷ややかにいった。

「あなたがクリスタルを書斎に入れて、ドアを閉められたんじゃありませんか」ベスは指摘した。「だから、あなた方がふたりきりになりたいんだろうと思って、ケイティと馬に

ずねた。

「ぼくがドアを閉めたのが気に入らなかったのか?」ジュードはベスをじっと見つめてた

乗ったんです」

そのとおりだったが、ベスは自分の気持ちをジュードに知られたくなかった。

「お好きなようになさってください。わたしにはなにをいう権利もありませんから」

ジュードはなぐられでもしたような顔をして、じっとベスを見つめた。ベスは馬をまえに進ませたが、ジュードが手綱をつかんで止めさせた。

「頼むから、捨てられた孤児のようにぼくを見るのはやめてくれないか?」

「わたしは孤児ですわ」ベスはジュードの険しい目を探るように見て、もの静かな声でいった。「それに、捨てられたような気もしています」

「ベス……なにをいうんだ」

ジュードはすぐに馬から降りると、ベスを抱き降ろした。そして驚いているベスに、激しい情熱的なキスをした。

「ぼくに抵抗するんじゃない」

「抵抗するつもりなんてありません」ベスは正直にいった。

彼女はジュードのシャツのボタンをはずし、シャツのなかに手を入れて、胸毛におおわれたたくましい筋肉をそっと撫でた。

ジュードはベスを抱く腕に力をこめた。ベスはかれがふるえているのを感じ取った。

ジュードはベスを抱きあげると、そのまま小道を歩いて葉が厚く積もっている空き地に行き、彼女をそこに横たわらせた。

「わたし……風邪をひいてしまうわ」ドレスを下ろされ、ブラジャーを取られたとき、ベスがふるえる声でささやいた。

「ぼくが温めてやるよ」ジュードはささやき返し、ベスにおおいかぶさった。

クリスタルのせいだと、ベスは思った。ジュードはクリスタルをほしがっているが、結婚の誓いを忘れることができないので、その情熱を自分にぶつけているのだと。

けれどそんなことを考えてはいても、ベスの両手はジュードの黒い髪をまさぐり、顔を近づけられるように、帽子を脱がしていた。

「お願い」ベスはジュードにすがりつき、なすすべもなく腰をきつく押しつけて、かれを誘った。

「そんなふうにされたら、がまんできなくなってしまうじゃないか」ジュードはそうつぶやくと、ベスの腰に手をあて、自分の腰に押しつけた。「感じるかい？」かすれたささやき声でいった。

「わたしもあなたがほしいんです」ベスはささやき返し、じれったそうにジュードのシャツをはだけ、裾《すそ》をジーンズから出すと、たくましい背中の筋肉に手をあてた。「ああ、ジユード、あなたがほしいの。あなたがほしいのよ……」

「きみは燃えているね」ジュードは息をはずませながらそういうと、顔を一度上げ、ベスのふるえる胸に近づけた。「そうだよ。それでいいんだ。きみはぼくを燃えあがらせてくれるよ。わかるかい？　きみを見ると、胸が熱くなってしまうんだ。昨夜、きみが生まれたままの姿を見せてくれたとき、ぼくはきみにいかれてしまったんだよ。ああ、ベス、きみがほしいんだ。いま、ここで」

ジュードは自分を失っていた。われを忘れてベスを激しく求めていた。それはベスも同じだった。ふたりとも正気ではなかった。ケイティがいつ戻ってくるかもしれないし、誰かがやってくるかもしれないのだから。

けれど数分後、ふたりは生まれたままの姿になっていた。寒かったが、ふたりとも寒さはまるで感じなかった。それほどまでに、ふたりの情熱は激しかった。

午後の寒々とした静寂のなか、ジュードはベスに入りこみ、ベスは大きくあえいだ。ベスのうめき声は、遠くから聞こえる鳥のさえずりと混ざり合っていた。

ベスはジュードが自分の名前を何度も呼ぶのを聞いた。そしてかれが猛烈に腰を動かすにつれ、歓喜の波に運ばれていき、やがて昇りつめた。

ジュードはうめいて、ベスの首筋に顔をうずめた。

「ぼくたちはいかれてしまったようだな」ジュードがふるえる声でいった。「凍えそうだよ」

ベスは目をつぶったまま、ジュードのうなじの髪をまさぐりながら、いまのひとときを楽しんでいた。ジュードを心の底から愛していて、ジュードの、そして自分の狂気を喜んでいた。

ジュードはベスから離れると、背を向けて服を身につけはじめた。ベスも身を起こして、ドレスを身につけた。

「さあ」ジュードが優しくいって、ベスに革のウインドブレーカーをかけた。「きみはふるえているね？」

そのとおりだったが、寒さのせいではなかった。

「ありがとう」ベスが小さな声でいった。

ジュードはベスの頰《ほお》に手をあて、妙な目でベスをじっと見つめた。そして顔を近づけると、優しいキスをして、ベスをまた燃えあがらせた。

「男の夢だよ」ジュードはささやいた。「レディが激しく乱れるというのは」

ベスが顔を赤らめると、ジュードは笑みを浮かべた。いままでとはちがう笑みだった。けれどもそれもつかのまのことにすぎず、ジュードはすぐに立ち上がって、ベスを立ち上がらせた。

「すごいことをしたもんだな」乱れた落ち葉を見て、ジュードがそういった。「信じられないよ」

ベスはふるえる手で、髪についた枯れ葉を取った。

「早く帰らないと、みんなが心配するわ」

「赤ん坊をほしがったのはきみだよ」ジュードはまた皮肉をいって、ベスを見つめた。

「ぼくはきみの願いに応じようとしただけだからね」

ベスはジュードの皮肉にやりきれない思いをして、顔をそらした。

「そうだったんですか」冷ややかにいった。「クリスタルをものにできずに、その思いをわたしにぶつけられたんだと思っていましたけど」

ジュードは驚いた顔をして、ベスをにらんだ。

「どうしてそんなふうに思うんだね。クリスタルはぼくの尻のひきつれを見ても驚かないかもしれないし、そうつつしみ深くもないんだからね」

ベスは怒りに顔を赤くそめ、ジュードを見つめた。

「じゃあ、クリスタルをくどいてみたらどうなんですか?」

彼女は冷ややかな笑みを浮かべていった。

「クリスタルはお金持ちの男性が好きですから」

「なるほどね」ジュードは馬をつないであるところに向かった。「今晩からぼくの部屋で寝るようにいったが、忘れてくれないか」かれは帽子をかぶって馬にまたがると、そういった。

ベスはようやくの思いで怒りを抑え、鞍にまたがって手綱を引いた。

「そのほうがいいでしょうね」ベスがいった。「あなたはいびきをかくかもしれませんもの」

ジュードは驚いた顔でベスを見ると、ふいに笑った。けれどジュードがしゃべるまえに、ベスは馬を走らせていた。もうジュードの皮肉を聞きたくなかった。ベスの心はひどく傷ついていた。

8

その日の夕方、テーブルについて食事をしているベスは、クリスタルが楽しそうにジュードと話をしているのを見て、やりきれない思いをしていた。

義理の姉は魅力的で、その点については疑いようがない。そしてジュードは、急に目が見えるようになったかのように、ブロンド美人の魅力にうっとりしていた。

「コーンはもういいの、ベス？」ケイティが心配そうな顔をして、ベスにたずねた。

ベスは首を振り、なんとか笑みを浮かべた。

「いいえ、もうけっこうよ」

「ドレスのまま馬に乗ったことで、パパはベスを怒ってるわけじゃないでしょう？」ケイティが小さな声でたずねた。

そういわれたことで、ベスは林のなかでのことを思い出し、まっ赤になってしまった。

「ええ、そうよ」ベスはそうささやき返して、料理に目を向けた。

「ベス、コクラン家の人たちのことは覚えているかしら？」クリスタルがいった。「今年の初めにフランスの海岸でたまたま会ったのよ。バートはもう大学生なんですって」

「そうなの」ベスは話に加わろうとしなかった。

話に加わったところで、どうなるというのだろう。クリスタルが話したがっているのはジュードなのだ。

ベスはできるだけ早くテーブルを離れると、ケイティといっしょに二階へ行った。そんなベスのうしろ姿をジュードがテーブルからじっと見つめていた。

その夜の雰囲気がその後もずっと持ち越された。クリスタルは腰をおちつけ、ジュードにいろいろ助言を受けていた。どうやら母親の遺産の一部を投資しているらしく、株をどう運用したらいいかについて、適切な助言を必要としているようだった。

ジュードについていえば、たいていは家を離れて仕事に専念しているようで、たまにベスと話をするときも、なにかしぶしぶのようだった。最近ではベスに目を向けることもほとんどなく、そのくせ、クリスタルとは楽しそうに話し合っていた。まるでクリスタルがほんとうの妻であるかのようだった。

「ジュードといっしょに暮らして、どうなの？」

珍しくふたりきりになったとき、クリスタルがふいに、ベスにそんなことをたずねた。

ベスは用心深くクリスタルを見つめた。

「どうしてそんなことをたずねるの？」

「あなたと話をしようとしてるだけじゃない」クリスタルがいった。「ベス、わたしがここへ来てだいぶたつのに、あなたとはほとんどしゃべってないのよ。心が通い合わないっていうつもりなの？　お母さんのことなら、わたしももっと責任をもつべきだったんでしょうけど、ともかくお母さんはもういい年だったじゃない。そんなお母さんのために、自分の人生をだいなしにする気にはなれなかったのよ」

ベスは目をそらした。

「美人は得ね」

「損をすることだってあるのよ」クリスタルは苦々しくいった。「あなたは、わたしがいつだって男の人といっしょにいると思ってるでしょう。でも、そんな男の人たちに求められてるのが、わたし自身なのか、たんにわたしの容姿だけなのか、まるでわからないわ。美しさというものは、長つづきしないものなのよ、ベス。はかないものなの。それにわたしには、人に見せられるようなものがなにもないわ。わたしには、夫も子どもも将来もないんだから」

それでわたしの夫がほしいの？　ベスはもう少しでそうたずねてしまうところだった。そして疲れたようにため息をついた。

「フランスの伯爵はどうなの？」

クリスタルは目をそらし、顔をこわばらせた。

「あんな人、嫌いよ」

ベスはどうしてなのかと聞きたくなった。けれどいままで疎遠にしていたので、いまさらうちとけた話をする気にはなれなかった。

「また別の人が見つかるわよ」ベスはそういった。「コーヒーでもいれましょうか?」

クリスタルはなにかいいたそうな顔をしていたが、ベスがとり澄ました顔をしているので、考えを変えたようだった。そして軽い笑い声をあげた。

「ええ、いただくわ。ところで、ジュードはいつ帰ってくるの?」

ベスは顔をこわばらせた。

「もう二、三日したら帰ってくると思うけど。じゃあ、アギーにコーヒーを頼んでくるわね」ベスはそういって、部屋を離れた。

「わたしはどうしたらいいのよ?」

クリスタルはコーヒーテーブルをまえにして、悲しげな笑みを浮かべた。

ベスは廊下で立ち止まると、気持ちを引き締めた。ジュードといっしょにいたいのなら、クリスタルはどうしていっしょに行かなかったのだろう。ジュードにそういえば、かれは同意したことだろう。ベスはそう思い、涙が頬《ほお》を伝うまで笑った。ジュードはクリスタルを喜んで連れていくが、ベスは足もとで死んでいても気づかないのだ。

「ベス」

クリスタルは奇妙な泣き声を耳にしてドアを開け、泣いているベスを見て、びっくりしてしまった。

ベスはブラウスの袖《そで》で涙をぬぐった。

「ごめんなさい。わたし……ときどきお母さんのことを考えてしまうのよ」ほんとうのことはとてもいえず、嘘《うそ》をついた。

「あなたの寂しい気持ちはよくわかるわ」クリスタルが優しくいった。「わたしも寂しいもの。いまごろになってお母さんのことを愛してたことに気づくなんて、わたしってどうしようもないばかね」クリスタルはベスに手を伸ばしたが、ベスはからだを引っこめた。

「わたしがここにいることで、気を悪くしてるんじゃないの?」

「そんなことないわよ」ベスはなにげなくいった。

クリスタルはその言葉をすなおに受け取って、ホッとしたようだった。

「よかった。あなたが嫉妬《しっと》でもしてるんじゃないかと思ってたのよ」

クリスタルがそんなことを思うのもとうぜんだった。夫婦のあいだの冷たさ、夫婦ががいに避けあっていることをクリスタルが見逃すはずがなかった。

「コーヒーを持ってくるわね」ベスが小さな声でいった。

クリスタルは立ち去っていくベスを黙って見つめた。美しい顔がこわばっていた。

ジュードが帰ってきた日、ケイティとアギーはクリスタルといっしょに、サンアントニオの街にショッピングに出かけていた。ジュードが戻ってきたとき、ベスは玄関まえのブランコにひとりで乗っていて、かれを見たとたん、愚かにも胸がはずんでしまうのをどうすることもできなかった。

ジュードはアタッシェケースを片手に持って、疲れきったように歩いてきた。

「ブランコに乗るには、まだ寒すぎるんじゃないのか？」

「ブランコに乗るのが好きなんです」

「ああ、よく覚えているよ」ジュードはそういって、ベスをじっと見つめた。「クリスタルはどこだね？」

ベスはジュードから目をそらした。

「アギーとケイティといっしょにショッピングに出かけましたわ」

「きみはどうしてそんなふうにするんだ」

ベスはびっくりしてジュードを見上げた。

「どういうことなんですか？」

「ぼくが近づくと、いつも顔をそむけるじゃないか」ベスの顔をじっと見つめていった。

「ぼくが気づいていないとでも思っているのか。きみがケイティと楽しそうにしている部屋に入っていくと、きみはぼくを見たとたん、まっ青な顔をしてしまう」

ベスは視線を落とした。

「どうすればいいというの。あなたの胸に駆けこめばいいんですか?」

ジュードは顔をこわばらせ、目を細くした。

「きみがなにを考えているのか、ぼくにはまるでわからないよ」疲れたようにいった。

そしてアタッシェケースを下ろすと、タバコに火をつけてベスの隣に座った。

ジュードがすぐそばにいることで、ベスの心はかき乱れた。かれとからだを接してから、もう何週間もたっていた。ベスは神経が高ぶっているのを隠すため、ひざに置いた手を握りしめた。

「きみは夏に、よくここで時間をつぶしていたものだったな」ジュードはそういってブランコにもたれた。「きみはかわいくて、長い脚がよく日に焼けていて、笑顔が魅力的だった。クリスタルと離れているとき、きみは輝いていたよ。しかし彼女といっしょにいると、きみの輝きは消えてしまう。いまでもそうさ」

「クリスタルのような美人にかないっこありませんもの」ベスは気にもしていないようなふりをして、なにげなくいった。「クリスタルなら鬼だって虜《とりこ》にできるんだわ」

「そうだろうな。しかしそれはクリスタルが美しいからじゃないんだよ、ベス」ジュードがいった。「彼女が活発な個性の持ち主だからなんだ。彼女は外向的で、誰《だれ》とも親しく接することができるんだ」

「そういって、わたしを批判してらっしゃるんですか？」ベスがジュードに目を向けていった。

「きみにはそういうところがないね、まったく。だから嫉妬にむしばまれて、クリスタルといっしょにいられないんじゃないのか。クリスタルは誰とも気持ちを通い合わせられるのに、きみはそうすることができないから」

ベスはジュードのあざけるような笑みが嫌いだった。ジュードにいわれたことが気に入らなかった。腹が立つあまり、自分でも意識しないまま、片手を振り上げていた。

ジュードがその手をつかんだ。ベスはジュードの笑みを見て、目を怒りに燃えあがらせた。

「心が傷ついたのかね？」ジュードがたずねた。

「放してください」

ジュードはかすれた声で笑いながら、ベスをひざの上に乗せて、押さえこんだ。そしてまだ吸い終わっていないタバコを投げ捨てると、ベスを強く抱きしめた。

「やめてください」ベスは身をよじった。

「おとなしくするんだ」ジュードが荒い息づかいをして、ベスの耳もとでいった。「あの日、林のなかでしたようにするんだ。いまぼくになにが起こっているか、感じないのかね？」

ベスが当惑しているのを見て、ジュードは軽い笑い声をあげた。そしてベスの手首から離した手を彼女のあごにあてて、顔を自分に向けさせた。

「レディだな」おとなしくなったベスのからだを見てジュードはいった。「ここでするのがいやなのか？　シェイクスピアを引用することもできず、最近のベストセラーについて議論することもできない、そんな男といっしょに暮らすのがいやなのか？」

ベスはびっくりしてジュードを見つめた。

「あなたは大学を出たんでしょう？」ようやくのようにしていった。

「ぼくは経済学と経営学を専攻したんだよ」ジュードがいった。「文学をやっている時間なんてなかったんだ」

「わたし……わたしも最近は、本を読む時間なんかないわ。それに、わたしだって、シェイクスピアを引用することはできませんもの」

ジュードはためらっているようだったが、ベスのあごにあてていた手の力を抜き、優しく撫《な》でた。

「ぼくはきみのことをよくわかっているのかな？」

ベスはかすかに口を開けて、息を吸った。

「たぶんわかってらっしゃらないでしょうけど、でも、おわかりになったところで、たいしてちがいはありません。あなたはケイティの母親と株を求められたんでしょう。それで十分じゃありませんか」

「きみにとってはそうだろうがね」ジュードはそういって、探るようにベスを見た。「きみはぼくなしではうまくやっていけないよ」

ベスは視線を落とした。

「あなたはわたしを避けてらっしゃいますわ」

「ぼくがいないあいだ、寂しかったかね?」ジュードがいい返した。「いや、そんなはずはないな」

「どうしてそんなふうにおっしゃるんですか?」ベスがふるえる声でたずねた。

ジュードは顔を引き締め、目を曇らせた。

「ぼくはきみにあまり親切じゃなかったからね」しばらくして、そういった。「きみを家から連れ出して、きみが望まない結婚をさせたんだから。それもひどい理由でだよ」ジュードはベスの唇にそっと指を這《は》わせながら、つくづくとその顔を見た。「結婚しても、しあわせに結ばれているわけじゃない」

「そして逃げ道もないわ」

「そうだな」そのことを認めたくないかのような、ぶっきらぼうないい方だった。「そしていままで、ふたりとも結婚の誓いに従って生きる努力もしなかった」

ベスはジュードをうかがうように見た。

「ぼくはきみをあざむいたことはないよ」ジュードは冷ややかにいった。「きみは探るようにぼくを見ているがね。信じられないかもしれないが、結婚してから、ぼくがからだを交えた女はきみだけさ」

ベスはまっ赤になって、顔をそらした。

「きみと交わったことも、ふりかえってみると、あまりいいものじゃなかった」ジュードは苦々しくいった。「二回とも、ぼくはあとできみにひどいことをいってしまったね」

「ごめんなさい。わたしにがっかりされたんでしょう?」ベスが冷ややかにいった。

「なにをいうんだ」ジュードが張りつめた声でいった。「きみに失望させられるなんてことがあるものか」

その言葉に、ベスは顔を上げ、ジュードの目をじっと見つめた。

「きみといっしょにいると、ぼくは子どものようになってしまうんだよ」ジュードが声を低くしていった。「自分が抑えられなくなって、感情に走ってしまうんだ。自分がどうしようもなくなって、そんなふうにさせられるからこそ、きみを憎んだんだよ」

ベスはジュードを見つめつづけた。ジュードのいっていることが、ほとんど信じられなかった。

「わたしのせいなんですか?」

「そうだよ」ジュードはベスの喉《のど》を撫で下ろしたあと、思いがけない優しさで、ためらいがちに、そっとセーターに手を置いた。

「きみが十五歳だったあの夏に、きみを夜の林から連れ出したときから、こんなふうになってしまったんだよ、ベス。あの夜、ぼくがきみにキスをしていたら、ぼくたちは飢えた狼《おおかみ》のようになっていただろうな。触れ合ったとたんに、燃えあがっていただろうよ。ぼくのいっていることがわかるだろう?」

ベスはジュードのいっていることがよくわかった。ジュードがどれほど自分を求めているかを、心の奥深くでずっと知っていたのだった。けれどそれは欲望にしかすぎず、ベスが求めているものではなかった。ベスは愛を求めていた。

ジュードはベスのセーターのなかに手を入れ、胸に這い上がらせながら、ベスの顔を見つめた。

「ブラジャーをしていないのかい、ベス?」温かいふくらみにそっと触れてたずねた。

ブラジャーがきつくなっていて、新しいものを買いに行く時間もなかったが、ベスはそこまでジュードにいうつもりはなかった。からだが熱くなっていくなか、ベスはジュードの手首をつかんだ。

「ジュード、やめてください」訴えるようにいって、ベスはジュードの手を引っ張った。

「きみはぼくのものだよ」ジュードがいった。「きみのすべてがぼくのものなんだ。触りたいときに、どうして触っちゃいけないんだ?」

ベスの唇がふるえた。

「問題なのは、クリスタルがいないのをあなたが寂しがってらっしゃることです。わたしには彼女の代わりなんてできません」

ジュードは顔をこわばらせた。顔色が曇った。

「きみはなにをいっているんだ?」

「あなたはクリスタルがほしいんでしょう?」ベスが小さな声でいった。「まだクリスタルと愛しあってらっしゃらないとしても」

「きみは嫉妬しているのか?」

ベスは視線を落とした。

「わたしを放してください」

「だめだよ、答えるんだ。きみは嫉妬しているのか?」

ベスは目をつぶり、疲れたようなため息をついてからだの力を抜いた。

「ベス、きみがたずねるのなら、ぼくがクリスタルとどういうふうに過ごしていたかを話すよ」

けれどベスはたずねたくなかった。知りたくなかった。彼女は衝動的に、ジュードの肩に頭を預け、首に腕をからめた。ベスらしくないことだったので、ジュードは驚いた顔をした。

ベスはこの機会に乗じて、ジュードを見つめながら笑みを浮かべた。そして口をかすかに開け、ジュードの帽子を取って、髪をまさぐった。

ベスはジュードの目に欲望の炎が燃えるのを見た。

「こうしてほしいのか？」ジュードはそういって、ベスの顔を上げさせた。「こうしてほしいんだな」

ジュードは唇を重ねて情熱的なキスをした。ベスはジュードの腕のなかでからだを弓のように反らし、ジュードに強く抱きついて、熱いキスに応《こた》えた。

ジュードはふたたびベスのセーターのなかに手を入れ、胸のふくらみを包みこんだ。彼女は身をくねらせて、うめいた。

ジュードはゆっくり顔を離すと、欲望に燃えるベスの目を見つめた。

「みんなはいつ帰ってくるんだ？」

「わからないわ」

ジュードはまたキスをして、ベスに唇を開かせた。

「ベッドルームのドアに鍵《かぎ》をかければいいさ」かれはささやき声でいった。

「ええ」ベスはそう答えたとき、胸を強くつかまれ、身をくねらせてうめいた。

「痛かったのか？」ジュードは優しい声でたずねた。

「いままでこんなことなんてなかったのに……うずいたんです」ベスは弱々しく笑った。

「痛い思いをさせないよう、気をつけるよ」ジュードはベスの目を見つめていった。「時間をかけてね。初めてのときのように、きみを処女のように扱うよ」

ジュードに抱かれながら立ち上がったとき、ベスは少し身をふるわせた。

「初めてのとき……あなたに笑われたわ」

「きみはぼくの腕のなかで歓喜に燃えあがって、激しく乱れたじゃないか」ジュードがものの静かな声でいった。「ぼくはうれしかったよ……きみは処女だったのに、そのきみをあんなふうに乱れさせられたんだから」

ベスは息をのんだ。

「知りませんでした」

「とてもいえなかったのさ」ジュードは顔を下げて、優しいキスをした。「ほんとうにいいんだね」

ベスは口を開けて、大きく息を吸った。

「ええ、あなたがほしいんです」ベスはせつない声でいった。そしてジュードの首に腕をからめ、身をふるわせた。「ジュード」うめくようにいい、ジュードに腰を押しつけた。

ジュードは目をきらめかせながら、ベスを連れて家のなかに入った。玄関のドアを閉めると、かがみこんでセーターの上からベスの胸に口を押しつけ、ベスをあえがせた。

ジュードは胸を高鳴らせながら、ベスを連れて階段に向かった。ベスは林のなかで愛しあったときのように、奔放になっていた。ジュードは愛してくれていないかもしれないが、求めてくれている。ベスはそう思っていた。わたしをほしがっているのよ。そしてわたしもジュードがほしい。

けれどジュードが階段を上りはじめるまえに、車の近づいてくる音が静寂を破った。

「なにもいま帰ってこなくてもいいのに」ジュードはうなるようにいって、ベスに顔を近づけた。「もうだめだよ」

ベスはジュードの頭に手をあて、おちつきを取り戻そうとした。かれは残念そうな苦々しい顔をしていた。

ベスはジュードに背を向け、乱れた髪をできるだけこぎれいに整えた。

「ベス」ジュードが呼んだ。

けれどベスが返事をするまもなく、玄関のドアが急に開き、ケイティとクリスタルが笑いながら入ってきた。

「まあ、やっと帰っていらしたのね」クリスタルは笑いながら、ケイティのまねをしてジュードに駆け寄り、よく日焼けした顔にキスをした。「おかえりなさい。よかったわ。みんな寂しい思いをしてたんですもの」

「ええ、書斎から怒鳴り声が聞こえないので、寂しかったですよ」アギーもそういってにっこり笑い、荷物をリビングルームに運んだ。

「お帰りなさい、パパ」ケイティが笑いながらいった。

ジュードもみんなにつられて笑っていた。さっきよりもリラックスしているようで、ベスはひとり取り残されたような気がした。そしてジュードがリビングルームに入っていくと、背を向けてキッチンに向かった。

「ベス、きみはみんなが買ってきたものを見たくないのか?」ジュードがベスにいった。

「わたし、コーヒーが飲みたいんです。いいでしょう?」ベスは明るい声でそういうと、どうして声がふるえているのかとたずねられないよう、すぐにキッチンに行った。

「どうしてわたしたちといっしょに出かけなかったの?」ベスがベッドに入れてやったとき、ケイティがたずねた。「ベスがいなくて寂しかったのよ。クリスタルは、引きずってでも連れてくべきだっていってたけど」

「しなきゃならないことがあったのよ」ベスはそういって、笑みを浮かべた。「でも、あなたは楽しんだようだから、よかったわ」

「楽しくなんかなかったのよ、ほんとうは」ケイティはうちあけた。そして顔を上げ、ベスの頬にキスをした。「クリスタルといっしょにいると楽しいけど、ずっとしゃべりどうしなの。なにもいわずにいるのが怖いみたいなのよ。だから誰もなにもしゃべれないのよ」

ベスは目を曇らせた。そしてケイティにキスをしてやった。

「愛してるわ、ケイティ」

ケイティは顔を輝かせた。

「わたしもよ。おやすみなさい、ベス。パパが帰ってきて、よかったわね」

「ええ」

「パパはあとでわたしの部屋に来てくれるのよ。いまはクリスタルと話すことがあるようだけれど」

ベスはうなずき、傷ついた顔を見られないように、背を向けた。

「おやすみなさい」

「おやすみなさい、ベス」

自分の部屋に戻ると、ベスはフランネルのナイトガウンを身につけ、ぐったりとベッドに横たわった。かすかに吐き気がするうえ、胸が張って気持ちが悪かった。三週間まえにあるはずのものがなく、ベスは不安になっていた。もちろんまだうちあけるには早すぎるが、ジュードの子どもが胎内にいることを感じて、ベスは妙な気分がしていた。

ベスは無意識に腹に手をあてた。赤ん坊。淡いグリーンの目と黒い髪をした男の子か、ケイティによく似た女の子だろう。ベスは笑みを浮かべた。たとえジュードを失ったとしても、愛せる赤ん坊がいる。かれに与えたいと思っていた愛情のすべてを注ぎこむことができる。ジュードは気に入らないかもしれない。しかしジュードが求めるのはベスのからだだけで、クリスタルがそばにいるいまは、それすらもしないのだ。

クリスタルがジュードを求めたらどうなるのだろう。彼女がすべての切り札を持っているのだった。ベスは彼女がどうしてこんなに長く滞在しているのか、まるでわからなかった。どうして彼女はオークグローブかフランスかどこかに行かないのだろう。けれど帰ってくれとは、とてもいえなかった。ベスは軽い笑い声をあげた。ともかくジュードはクリスタルを帰らせないだろう。ジュードは……彼女を気づかっているのだ。クリスタルといっしょに楽しそうにしている。ベスはこぶしを枕《まくら》にたたきつけた。どうして自分とは楽しそうにしてくれないのだろうか。

ベスがそんなことを考えていると、ドアが開き、ジュードが入ってきた。まだスーツのスラックスをはいていたが、シャツのボタンは一部はずしていた。そして妙に疲れたような顔をしていた。

「なんですか?」ベスは冷ややかにたずねた。

ジュードは軽く笑った。

「またこういうことになってしまったわけか。またきみは仮面をつけて、守りをかたくしている。ぼくはきみに近づけないよ」

「そうでしょうか?」ベスは苦々しくいった。

「きみのからだには近づけるがね」

そして両手をポケットに突っこみ、ベスのそばに立つと、妙に熱っぽい目で、髪の乱れた彼女を見下ろした。

「あなたがほしがってらっしゃるのは、わたしのからだでしょう?」

「まずいっておくが」ジュードはベスの顔色をうかがいながらいった。「ぼくは最初の数週間できみをずいぶん傷つけてしまったにちがいないな」

「そんなこと、気になさらないでください。わたしはまだ生きていますもの」ベスはそういって、目を伏せた。

ジュードがベッドに腰を下ろした。マットレスが傾き、ベスはかれから身を離した。

「そんなことをするのはやめてくれないか」ジュードは顔をしかめていった。「ベス、ぼくはきみを傷つけるつもりはないんだよ。きみがいやがるなら、きみに触れるつもりもない」

ベスは少しリラックスしたが、まだ緊張していて、それが顔にも出ていた。

「どうなさりたいの?」

「やれやれ」ジュードはポケットからタバコを取り出して、ベスに目を向けた。「吸ってもいいかね?」

ベスはうなずいた。ジュードはタバコに火をつけ、立ち上がってドレッサーにあった灰皿を手にすると、またベッドに腰を下ろした。

「ベス、こんなふうだと、ぼくたちはやっていけないよ」

ベスの背筋がゾクッとした。

「離婚なさりたいんですか？」

「ちがう」ジュードは激しい口調でいった。「ぼくは最初から、すぐに離婚になるような結婚をするつもりはないといっていたじゃないか」

「ええ、そうでしたね」ベスは小さな声でいった。

「つまり、努力しなきゃならないということだよ。ふたりともね。普通の夫婦のように、なんでもいっしょにやって暮らすんだよ。ぼくたちの生活とケイティの生活を、戦場にしてしまわないように努力するんだ」

ケイティ。もちろんそうなのだ。ジュードはいつものようにケイティを気づかっているのだ。ベスはそう思い、両手を組み合わせて、ジュードをじっと見つめた。

「それで、どうしろとおっしゃるんですか？」

ジュードがベスを見つめた。

「ぼくと寝ることから始められるだろう？」

「あなたのベッドは、三人が寝られるほど大きいのかしら？」ベスは敵意をこめていった。

ジュードは目をぎらつかせた。

「もう一度いっておくが、ぼくはきみの姉と寝ているわけじゃないんだからな」

「わたしの義理の姉です」ベスがいいなおした。

ジュードは髪をかきむしった。

「きみとは話ができないな」

ベスの顔は冷たかったが、なにもいわなかった。

「ベス、きみも歩み寄ってくれないか？」ジュードはベスに目を向け、優しい声でいった。

「ぼくにとってどれほどつらいことかは、きみにはわからないだろうよ。きみをどんなふうに扱ったかは、ぼくもよくわかっていて、胸を痛めているんだ。しかし少なくとも、きみも努力してくれないと」

ベスは不思議そうにジュードを見た。かれが変化したことが不思議でたまらなかった。けれどこれも罠《わな》かもしれない。望まない結婚をせざるをえなかったことで、ベスに恨みを晴らす別のやり方なのかもしれない。

「きみはぼくを信頼していないのか？」ジュードがたずねた。

「どうして信頼できるかしら？」ベスは率直にいった。「わたしを近づけたと思ったら、そのあとすぐにわたしをなじって、わたしをご自分の弱みだと思って、ひどいことをなさるんですから」

ジュードは顔を下げ、タバコをゆっくりと吸った。

「ああ」ようやくそういった。「そのとおりだな。ケイティを除けば、きみはぼくの唯一の弱みだよ」

「そしてそのことをいやがってらっしゃるんでしょう?」ベスがいった。「自分を見失ってしまわれることを、いやがってらっしゃるんでしょう?」

「きみはどうだね」ジュードは顔を上げて、ベスを見つめた。「ぼくといっしょになった初めから、きみはぼくに抵抗して、ぼくにきみを喜ばさせてくれないじゃないか。そしてきみはぼくと同じように、ひどく腹を立てているんだ」

ベスは目を伏せた。

「ひどい仕打ちをされているのは、わたしのほうだわ」

「ああ」ジュードがいった。「確かにぼくはきみを傷つけているよ。本気でそうしようと思っていたんだ。しかしそれが裏目に出てしまったんだ。きみには想像もつかないだろうがね」ジュードはベスの上にかがみこみ、目をじっと見つめた。「しかしそれはともかくとして、こんなふうだと、ぼくたちはやっていけないよ。ぼくたちは結婚しているんだぞ、ベス。ばらばらになったものをもとに戻して、やりなおそうじゃないか」

「それなら、クリスタルを帰らせてください」ベスが冷ややかにいった。

ジュードはあごを突き上げた。

「それが最終的な条件か?」そうたずねた。「ぼくがきみをほしがっているのを知っているから、ぼくに命令ができると思う段階にまで達しているわけか」

「そんなことをしようとしているわけじゃありません」

「いや、そうだよ」ジュードは立ち上がって、ベスをにらみつけた。「ぼくは半分まで歩み寄る。それ以上はできない。きみも良識を取り戻したら、ぼくがどこにいるかがわかるだろうよ」

「わかっています」ベスがいった。「義理の姉のいるところですもの」

ジュードはベスをにらみつけ、部屋から出ていくと、ドアを思い切り閉めた。ベスは涙を流しながらベッドに横たわった。どうして努力しようとすることに同意しなかったのだろうか。どうして感情ばかりが高ぶって、理性的に話し合えないのだろうか。ベスはやりきれなくなって、枕に顔をうずめた。神経が張りつめているせいにちがいなかった。そうに決まっていた。妊娠なんかしていないのだ。気のせいなのだ。そうでも思わないことにはやりきれなかった。

そうして日々がたつにつれ、ジュードはどこへ行くにも、ベスを誘った。けれどベスは理由もいわずに、誘いのすべてを断った。

「頼むから、きみも努力してくれないか?」ある夜、ジュードが絶望したようにいった。

「努力しています。ひとりきりになるように」ベスはいい返した。

ジュードは疲れたようなため息をつき、やるせない目でベスを見つめた。

「そのうちぼくはがまんできなくなって、もうきみの思いどおりにはさせなくするぞ」ゾッとするほど低い声でいった。「きみをぼくのベッドに連れていって、正気を失うほどどきみを愛して、そのあと話をしようか？」

ベスは顔を赤くして、イスから立ち上がった。

「なんの話をするというの。あなたがわたしを求めていることを嫌っていることについてですか？　わたしはあなたをもう求めてはいないわ」

「きみにぼくを求めさせることもできるんだぞ」

ベスは目をつぶった。

「そんなことをなさって、どうなるんですか？」優しい声でいった。「わたしは最近おとなしくしているわ。クリスタルとも親しくしていますし、あなたともうわべをつくろっていますから、ケイティはなにもかもうまくいっていると思っているでしょうね」

ジュードは疲れたようなため息をついた。

「ベス、きみはぼくが嫌いなのか？」

ベスはジュードを見つめた。そしてかれが疲れきって悲しそうに見えることに気づいた。

「いいえ。嫌ってなんかいません」

ジュードがゆっくりとベスに近づいた。

「いっしょに寝ることはできるだろう。セックスはなしだ。寝るだけだよ。そうやって、おたがいに慣れるようにしようじゃないか」

けれどベスには耐えられなかった。とりわけいまは。毎朝吐いている。だが、ジュードもばかではなかった。ジュードは知っているのだ。

ベスはなま唾《つば》を飲みこんだ。

「わたし……ひとりで寝たいんです」

「それがぼくたちの結婚の問題のすべてだな」ジュードがいった。「きみはなんでもひとりでやりたがるんだ」

「わたしがあなたを連れ出して、むりやり結婚させたわけじゃありません」

ジュードは手を伸ばし、ベスをつかむと、激しく揺さぶった。

「黙るんだ、ベス」そうささやいた。「泣くんじゃないぞ。頼むから」そういって、頬を、髪を撫でた。額に、頬に、口もとに、軽いキスをした。「泣かないでくれ。耐えられないよ」

ジュードは優しかった。いままでになかった優しさだった。ベスは胸を打たれ、涙に濡《ぬ》れた顔をハンカチで拭《ふ》かれるにまかせた。

「ぼくを信頼してくれないか?」ジュードはベスの目を見つめていった。「最初はぼくを信頼してくれていたじゃないか。それなのに、ぼくがきみにひどいことをしたんだったな」

ベスは目を伏せた。

「あなたはわたしと結婚なさりたくなかったんでしょう。わかっています」

「ぼくは誰とも結婚したくなかったよ。しかしきみがほしくてたまらなかったんだ。何年もまえからね。そしてきみを自分のものにしたら、またきみを自分のものにすること以外、なにも考えられなくなったんだよ」ジュードはそういってベスと額を合わせ、疲れたようなため息をついた。「ベス、ぼくは寝ても覚めても、きみがほしくてたまらないんだ。こういえば、きみも気がすむだろう」

確かにそのとおりだったが、ベスはジュードに愛されてもいないのに、かれと親密な関係をもつことは耐えられなかった。

「わたしは疲れたわ」ベスがささやき声でいった。「寝たいんです」

ジュードはからだを離して、ベスを見つめた。

「ほんとうに、もうぼくをほしくはないんだね?」もの静かな声でたずねた。

ベスは唇を噛《か》みしめ、ゆっくりと首を振った。

ジュードは耳ざわりな笑い声をあげ、背を向けた。

「ぼくは驚きもしないよ。ぼくをほしがるような女なんていないからな」

ベスがエリーゼのことと、ジュードが気にしているひきつれのことを思い出したときには、かれはもう戸口まで行っていた。

「ジュード」ベスが呼んだ。

けれどジュードはふりかえることもしなかった。

「寝るんだよ、ベス。もうぼくは二度ときみのじゃまはしないからね」

それだけいうと、ジュードは部屋から出て、ドアを閉ざした。

9

翌朝、ベスがダイニングルームに行くと、クリスタルがテーブルについていて、ジュードの隣に座り、華やかさをふりまいていた。

「やっと来たのね」クリスタルがからかった。「一日じゅうベッドにいるんじゃないかと思ってたわ」

実際は、ベッドではなく、いつもよりひどい吐き気がしたので、いままでバスルームにいたのだった。けれどベスもそんなことをいうつもりはなく、笑みを浮かべた。

「眠かったのよ」ベスは義理の姉にいった。「おはよう、ケイティ」そういって、ケイティに顔を向けてウインクした。ジュードは無視した。

「クリスタルがアラモに行きたがっているんだ」ジュードがそういって、ベスの注意を引いた。

「きっと楽しめるでしょうね」ベスは冷ややかにいった。

「きみもケイティといっしょに来るんだよ」ジュードがスクランブルエッグを食べ終えて

いった。

「いいえ、わたしは行かないわ」ベスがいった。「出歩く気分じゃないんです」

ジュードの目が細くなった。

「きみも来るんだよ」

「ねえ、ベス、楽しい一日をだいなしにしないでちょうだい」クリスタルが優しい声でいって、ブロンドの髪を揺らした。「あなたもアラモを見たいって、ケイティにいったんでしょう。今日行けばいいじゃない」

行きたくない理由はあったが、ベスはなにもいわず、コーヒーを口にした。

「わかったわ」

「楽しめるわよ、ほんとうに」ケイティがいった。「わたしが案内してあげて、カメラを向けられるとポーズをとるカメを見せてあげるわ」

「ケイティは冗談をいっているんじゃないんだよ」ジュードがおだやかな笑みを浮かべていった。「昔からいるカメでね、カメラを向けられているあいだ、ほんとうにじっとしているんだ」

「そのカメの写真を撮ったことがおありなの、ジュード?」クリスタルがたずねた。

「いや。ぼくのオフィスはアラモの近くにあってね。ぼくは春になると、ときどき昼にレストランへ行くついでに、アラモを散歩するんだよ」

ベスはジュードがクリスタルに笑みを浮かべるのを見て、自分にもあんな笑みを浮かべてほしいと願わずにはいられなかった。

アラモ・プラザは歴史的に有名なメンガーホテルの近くに位置していて、その広さにベスはびっくりしてしまった。歴史的な遺物のすべてを保存するよう、敷地がたっぷりとってあるのだ。

ベスは石造りの教会の廃墟《はいきょ》に近づいた。一八三六年の寒い三月のある日、ここで百八十人ほどの者が勇敢に戦って死んでいったのだ。

「大いなる遺産だね。勇気をもって死に直面した者たちからの遺産だよ」

「特別な人たちだったんですね」ベスがつぶやいた。

「そして死を目にすることに慣れていた」ジュードがいった。「ぼくたちがいまとうぜんに思っている贅沢《ぜいたく》も知らず、きつい時代に生きていたんだ。戦士たちだったといっていいね」

「戦いについて、本を読んだことがあります」ベスがいった。「ここで何人の人が亡くなったかについては、ずいぶん意見が分かれているそうですね」

「生き延びた者による貴重な証言もあるんだよ」ジュードが指摘した。「それでおおよそのことがわかるんだ。こっちへ来てごらん」

ジュードは廃墟のなかに入り、かつて火薬や爆薬がたくわえられ、敵が押し入ってきたときかれらが寝ていた部屋に行った。もうひとつべつの大きな部屋は、鉄のフェンスが設けられていて、そのなかに旗が掛けられていた。

「壁の落書きのなかには、とても古いものがあるんだよ」昔の落書きを読み取ろうとしているベスに、ジュードがいった。

壁には絵も掛けられていた。メキシコ軍が壁を乗り越えて襲いかかってきた、二時間の戦いを描いたものだった。ジュードの話によると、石の床はあとで設けられたものらしい。アラモの床は戦いのためにひどく痛んでしまったからだった。

ベスはうしろの出口に立って、ゾクッと身をふるわせた。天井を見上げて、耳を澄ましていると、戦いの音が聞こえてきそうだった。

「寒いのかい?」ジュードが優しい声でたずねた。

ベスは首を振った。

「ただ……」つらそうな顔をした。「本では読んでいましたけど、実際にここへ来てみると……印象がまるでちがうんです。不思議な気がするわ」

ジュードはベスに腕をかけて引き寄せた。

「かれらは自分たちがなにをしているかを知っていたんだよ」かれはまわりに目を向けながらいった。「そうしなければならない理由もね。ここで起こったことと、ゴリアドで起こったことのために、テキサスの住民は団結して戦ったんだ。それがテキサスの独立につながったんだよ。わずかに生き残った者も、白旗を掲げようとはしなかったから」ジュードはベスを見つめた。「女たちも勇敢だったんだ」

ベスはジュードを見上げ、ゆっくりと優しい笑みを浮かべた。そして探るようにジュードの淡いグリーンの目を見つめた。

「ほんとうなんですか?」

ジュードの息づかいが速いものになり、あごが引き締まった。

「ベス……」

「こんなところにいたのね」クリスタルの声がした。「さあ、おふたりさん、記念品を見に行きましょう」

アラモの外では、ちょうどロング兵舎の正面に、大きなカシの木が立っていた。ロング兵舎は最後の決戦が行なわれたところだった。ジュードはまだベスに腕をからめていた。ベスは黒々とした入口を目にすると、思わずジュードに身を寄せた。

「入りたくないわ」ベスがもの静かな声でいった。

「わたしもよ」ケイティもきっぱりといった。「ねえ、カメを見に行きましょうよ」

クリスタルは肩をすくめただけだった。

「博物館に行ったほうがいいと思うけど。博物館の売店にはトルコ石があるんでしょう。わたし、トルコ石が大好きなのよ」

クリスタルが先に立って進み、ベスはなにもいわずについていった。ジュードがすぐそばにいるので、天にも昇る心地がしていた。ジュードもベスを離すつもりはなさそうだった。

けれど博物館のなかに入ると、あまりにも見るものがたくさんあって、みんなはばらばらに別れることになってしまった。ベスがぶらぶら歩いて展示されている写本や硬貨や銃を眺めている一方、クリスタルとケイティは宝石や記念品を売っている売店に釘《くぎ》づけになっていた。

クリスタルはジュードにいって、高価なトルコ石のブレスレットを買ってもらった。ケイティもアライグマの毛皮を使った帽子を買ってもらっていた。

「きみはなにがほしいんだね、ミセス・ラングストン？」ジュードが目をきらめかせてベスにたずねた。

ベスはジュードがしあわせそうにしていることを知った。そんなジュードを、ベスはこれまで見たことがなかった。

ベスは考えようとした。いっしょに過ごしたひとときの、ささやかな思い出になるものはなんだろうかと。なにかあるにちがいなかった。

「わたし……指輪がほしいです」ベスがいった。

ジュードは顔を輝かせた。

「指輪かね?」

「宝石のついた指輪です」

ジュードはベスをカウンターに連れていって選ばせた。ベスがトルコ石のはまった銀の指輪を指さすと、女店員はガラスケースから取り出した。指輪はベスの指にぴったりだった。ベスはその指輪の上から簡素な金の結婚指輪をはめ、うれしそうに見つめた。

ジュードが代金を支払った。クリスタルのブレスレットの十分の一ほどだったので、ジュードはけげんそうな顔をした。

「ほしいのはそれだけかね?」クリスタルとベスが庭の井戸に向かうとき、ジュードがベスにたずねた。

「ええ」ベスは指輪を見つめていった。「ありがとうございます、ジュード」

「結婚指輪はプラチナのほうがよかったかな?」ジュードがいった。「ぼくはきみにたずねることもしなかったが」

「いいんです」ベスはもの静かな声でいった。「これが気に入っているもの。シンプルですけど、とてもエレガントですから」

「きみは変わっているな」

「そんなことをおっしゃっていいんですか?」ベスがジュードに顔を向けていった。「あなたはわたしと結婚なさったんですよ」

「ああ」ジュードはベスを見つめて、ぼんやりいった。「ぼくはきみと結婚したんだ」

「でも選択の自由があったわけではなかったわ」

ベスは目を伏せた。

「結婚のことだが、ベス……」ジュードがいいはじめた。

「気になさらないでください」ベスはあわてていった。「あれこれいい合っても、なにも変わりませんもの。また議論をむし返すだけですわ」

「きみが歩み寄ってくれれば、そうじゃなくなるかもしれないぞ。ぼくから逃げるんじゃなく、ぼくに駆け寄ることをしてくれたらどうだ?」

「あなたから逃げるほうが安全です」ベスがいった。「傷つけられずにすみますから」

ジュードは苦々しい顔をした。

「きみに親切じゃなかったことはわかっているよ。きみは気づいていないかもしれないが、ぼくは最近きみを傷つけないように努力しているんだ。しかしきみはぼくがそうするのを、ますますむずかしいものにさせるつもりでいるようだな?」

ベスは驚いた顔をした。

「そうでしょうか。クリスタルにべったりくっついてらっしゃることが、そんなにむずかしいことなんですか?」

「きみは嫉妬《しっと》しているのか? 答えるんだ」

ベスは顔をそむけた。

「いいえ。もしも嫉妬しているなら、そのことをあなたに知られるまえに、死んでしまうでしょう。敵にはなにも知らせるつもりはありません」そういって、彼女はジュードをにらんだ。

「ぼくは敵になっているわけか」ジュードがいった。

「あなたはわたしをどう思ってらっしゃるんですか？」

ジュードは大きなため息をついた。

「ぼくはなにも考えないようにしているんだよ、ベス」

ケイティが目を輝かせて、ふたりに駆け寄ってきた。

「カメよ。急いで、ベス。男の人がカメにナッツをやってるんだから」

「カメラを持ってくればよかったわ」ベスがいった。「いいスナップになるもの」

ほかの観光客も、ベスと同じように考えたようだった。三十五ミリのカメラをかまえて、す早くシャッターを押していた。

ベスはアラモを見物したあと、みんなが家に帰りたがるだろうと思っていたが、そのままダウンタウンまで歩いて、〈ラ・ヴィリタ〉に入って絵画や彫刻を見たり、パセオ・デル・リオに行ったりすることになった。土手に席が刻みこまれ、観光客がそこに座って川の流れを眺められるようになっている、〝アーネスン・リバー・シアター〟も見た。ベスは土手にそって歩きながら、ため息をついてしまった。もっと暖かくて、そこに座ってもの思いにふけることができればいいのにと、そう思ったからだった。ベスは妊娠していることもあって、もう疲れはじめていた。

　ジュードがベスの腕をつかんだ。

「少し休みたいのかい？」優しい声でたずねた。

　ベスはジュードの優しさに驚いてしまった。

「ええ」正直にいった。

　ジュードは笑みを浮かべた。

「もう少し歩いて、階段を上りきるんだよ」

　ジュードはみんなをレストランに連れていった。川を見下ろせるレストランだった。席につくと、ウエイターから豪華なメニューを手渡された。ベスは妙に食欲がわき、極上のプライム・リブを注文した。

　ジュードはそんなベスを、妙に気づかう目で見つめた。クリスタルはいつものように、休むひまなくしゃべりつづけていた。クリスタルは食事のあいだもずっとその調子だったが、車を停《と》めてあるジョスクデパートに向かうとき、ジュードがつかんだのは、クリスタルではなく、ベスの腕だった。まるでベスが逃げ出すのを恐れているかのようだった。

　家に戻ると、ベスはすぐに自分の部屋に行って横になった。くたくたに疲れていて、少し吐き気もしていた。けれどベスをいちばん悩ませているのは、自分が混乱していることだった。彼女はジュードがなにを考えているのか、まったくわからなくなってしまったのだった。

10

ベスは眠りこんでしまい、目を覚ましたときには、外は暗くなっていた。妙に寒さを感じ、仰向けになってみると、ナイトガウンを身につけていることがわかった。ベスは目をしばたたいて、天井を見つめた。着替える時間があったのだろうか。

ベスが不思議に思っているとドアが開き、ジュードがトレーを持って入ってきた。

「やっと目が覚めたのかい？」ジュードはそういうと、トレーをベッド脇《わき》のテーブルに置いた。「きみがおなかをすかせているはずだと、アギーがいってね」

ベスは身を起こし、背中に枕《まくら》をあてて、優しい笑みを浮かべた。

「もうペコペコなんです」そういって、恥ずかしそうにジュードを見た。「あなたがこれを着せてくださったんですか？」

「きみはジーンズとシャツのままぐっすり寝こんでいたからね」

「ありがとうございます」

「さあ」

ジュードはアギーの作った特製のチキンとブロッコリーのクレープをスプーンですくい、ベスの口に近づけた。ベスはそれを食べ、クリームをたっぷり使ったクレープの味を楽しみ、笑みを浮かべた。そしてジュードの手からスプーンを取ろうとしたが、かれはそれを無視してベスにひと口ずつ与えつづけた。

「デザートはいるかい？」ジュードがたずねた。「アギーがアップルパイを作ってくれたんだよ」

「もうおなかがいっぱいで、なにも食べられないわ」

「きみは少し太ったようだね」

ベスはそわそわしてしまった。

「最近はよく食べるんです」嘘《うそ》をついた。「それに、わたしが太っても、あなたはべつに気になさらないでしょう。気づいてもいらっしゃらなかったんですから」

ジュードはじっとベスを見つめた。

「きみのことはすべて気がついているよ」もの静かな声でいった。「なにもかもね」

「ほんとうなんですか？」ベスは目を伏せた。「でも、わたしよりクリスタルに、注意を向けてらっしゃるんでしょう？」

ジュードはベスの頬《ほお》に手をあて、顔を自分に向けさせた。

「クリスタルは男心をくすぐる方法を知っている。きみが身につけることのなかったものだよ」

「クリスタルから学ぶべきだっておっしゃるんですか？」ベスは非難の目をジュードに向けた。

「きみはクリスタルが嫌いなんだね」ジュードが目を細めてたずねた。「その理由は、クリスタルが誰《だれ》とも寝るからなのかな。クリスタルが男をうまく操っているのを、嫉妬《しっと》しているからじゃないのか？」

「地獄に落ちればいいんだわ」

ジュードはベスの目を探るように見た。

「レディらしくないぞ」かれはおもしろがりながらいった。「きみもわかっているだろうが、きみはここへ来てから、かた苦しさをずいぶんなくしてしまったね。きみはまだレディだが、以前より人間らしくなっているよ」

「あなたにそんなことがいえるの？」ベスがいい返した。「人間らしさのなにをご存じなんですか？」

「それは質問かね、非難かね？」ジュードは両手をベッドについて、ベスにおおいかぶさった。「ぼくが昨夜きみに寝てくれといったとき、きみは断ったな。その選択権をきみから奪ってしまおうか。以前のように」

「そんなことはなさらないでください」

ジュードは考え深げな顔をした。怒ってもいなければ、失望してもいなかった。

「きみに優しくすると約束したらどうだね?」ベスの目をじっと見つめながら、ささやき声でいった。「きみを傷つけないようにすると約束したら」

ベスは胸が熱くなっていくのを感じた。ジュードがいままでとはちがう見つめ方をしたためだった。心臓が激しい動悸《どうき》を打ち、耳に聞こえそうなほどだった。けれどジュードが求めていることをすることはできなかった。まだいまは。

ベスは目をつぶった。

「わたし……今日は気分がよくないんです」

「きみは昨夜もそういったな。それはいいわけだろう」ジュードは立ち上がり、疲れたような顔をした。「心を冷たくしてしまったのは、ぼくなのか、きみなのか。結婚したとき、きみはぼくを求めていたじゃないか」

「ええ、そうだったわ」ベスがいった。「それなのに、あなたがひどいことをなさったんです」

「そうだったな。しかし玄関ポーチで、きみがブランコに乗っていたときのことはどうなんだ……あれはそう遠い昔のことじゃないぞ」かれはそういって、ベスを見つめた。

ベスはジュードの非難の目を見ないようにした。

「あれはあのときのことです。いまとちがいます」

「なにが変わったんだ?」

「あなただわ」ベスは激しい口調でいい、ジュードをにらんだ。「どうしてあなたが変わってしまわれたのか、わたしにはわかりません。でもあなたのおっしゃることを信じる気にはなれないの。最初、あなたはわたしをむりやり結婚させて、わたしとはなんの関係ももたないようになさっていました。そのあとわたしを求められましたけど、わたしを傷つけてばっかり。今度は結婚生活をうまくやろうとおっしゃっています。あなたはわたしを苦しめて喜んでらっしゃるんじゃないかって、ときどきそう思うことさえあるんです」

「そんなふうに思えるわけか」ジュードはベッドに戻り、疲れたようなため息をついた。

「ベス、ぼくたちはどうしてこんなふうにけんかしなきゃならないんだ。確かにきみがぼくを信頼する気になれなくなったのも、むりはないと思うよ。しかしぼくたちにも見解が一致している点があるはずだ」

「そうでしょうか」ベスはシーツに目を向けたままだった。

「きみは最近変わったね」ジュードは、話題を変えた。「顔が丸くなって、胸が大きくなってきている」

ジュードに胸を見つめられ、ベスは顔を赤くした。

「食事を持ってきてくださって、ありがとうございました」

「そして、おやすみというつもりなのかね?」ジュードは立ち上がって、軽く笑った。

「一度はきみを手のひらにのせていたんだがな。そのことに気づくのが遅かったのが残念だよ」そういって、トレーを手にした。「よく休みたまえ。もしかしたら、なにもかもうまくいくようになるかもしれない」

「クリスタルはまだ起きているんですか?」ベスがドアに向かいはじめたジュードにたずねた。

ジュードはふりかえったが、妙におもしろがっているような顔をしていた。

「ああ、起きているよ。嫉妬しているのか?」

同じことを何度もいわれて、ベスはうんざりしてしまった。

「出ていってください。わたしはあなたが嫌いです。クリスタルも嫌いです。なにもかもいやでたまらないんです」

ジュードは笑っただけだった。そしてドアのまえで立ち止まっていった。

「考えこむのにあきたら、ぼくのところに来たまえ。きみが思っているほど複雑なものじゃないことがわかるかもしれないよ」

その夜ベスは、クリスタルがジュードとベッドを共にしている姿を想像してしまい、心がかき乱されて、まるで眠れなかった。そして朝になってみると、ぐったり疲れて気分が悪く、なにをする気にもなれなかった。

ベスは時計に目を向け、もう教会に行く時間を過ぎていることを知った。いまから行っても、礼拝にはまにあわないだろう。彼女は疲れたようなため息をつくと、グレーのドレスを身につけ、髪をブラッシングした。

下へ下りたが、家のなかは妙に静かだった。書斎のドアが少し開いていて、かすかなもの音が聞こえた。

ベスはドアのノブに手をかけ、そっと開けてみた。そのとたん、ベスはまっ青になった。クリスタルがジュードに抱かれ、ふたりはキスをしていたのだ。ベスは呆然《ぼうぜん》として立ちつくし、胸が張り裂けるように思い、ふたりを憎んだ。

そのときジュードが笑いながら顔を上げ、ベスを見た。別のときだったなら、ジュードの表情は笑うべきものだったろう。けれど全世界が崩れ去ったように思っているベスにとっては、最悪の疑惑を確証するだけのものにしかすぎなかった。

クリスタルが口をぽっかり開けてベスを見つめた。

「ねえ、ベス」彼女はためらいがちにいいはじめた。「これは……」

「きみが思っているようなことじゃないんだよ」ジュードが妙に青ざめた顔をして、ゆっくりといった。

「もちろんそうでしょうよ」ベスがいった。いくら自分を抑えようとしても、唇がふるえ、激しい怒りを押し殺すことはできなかった。「ひどいわよ」目を怒りに燃えあがらせながら、クリスタルにいった。「なんて人なの。十年間いっしょに暮らしているあいだにわたしのものをすべて奪ってしまったあげく、母が病気になったらさっさとヨーロッパに行って、母親の世話をわたしひとりに任せたうえにこんなことまでするなんて。わざわざここまで来て、わたしの家族を奪う必要はないでしょう」

クリスタルはまっ青な顔をした。

「ベス、待ってよ……」

「なにを待てっていうのよ」ベスがいい返した。「あなたはわたしがデートする相手を、みんな取っていったじゃない。母に泣きついて、わたしが子どもにあげようと思っていた、おばあさんの宝石を譲ってもらったくせに、それを売り払ってしまったじゃない。遺言でオークグローブがわたしに譲られているのに、文句をつけるようなことまでしたわね。あの屋敷は、わたしの家族が百年以上も受け継いでいるものなのよ。それが今度は、ジュードまでわたしから取ろうっていうの？」

「ねえ、ベス、お願いだから……」クリスタルが訴えるようにいって、ベスに近づいた。けれどベスはふたりを憎み、あとずさった。指からふたつの指輪を抜き取った——結婚式のときにジュードがはめてくれた金の指輪と、ジュードがアラモで買ってくれた銀の指輪を、ふたつとも抜き取った。

「さあ、これをあなたにあげるわ」ベスはかん高い声でそういうと、指輪をクリスタルに投げつけた。「全部あなたにあげるわよ」

ジュードはうちひしがれたような顔をしていた。身動きひとつしなかった。

「わたしは家に帰るわ」ベスは泣きじゃくりながらいった。「歩いて帰らなきゃならないとしてもね。もうふたりには、二度と会いたくないのよ」

ベスはクリスタルの声にも耳を傾けず、書斎から駆け出した。これという目的もなく、玄関のドアを開け放って、階段を駆け下りた。けれど涙で目が見えず、足を踏みはずしてしまった。ベスは頭からころげ落ち、激しい痛みを感じたとたん、意識を失ってしまった。

「目を覚ましなさい。目を覚ますんです」優しい声がベスの耳に聞こえた。

ベスは重いまぶたを上げ、眼鏡をかけた男の顔を見た。

「わたし、どうしたんでしょう?」ベスは眠そうにいった。

「気分はどうですか?」男はそういい、ベスの目にライトを当てて調べた。「そうひどくはないようですよ。運がよかったんですね」

ベスはなま唾《つば》を飲みこみ、部屋を見回した。奥に看護師がいるだけで、ほかには誰もいなかった。

「赤ちゃんは?」ベスは階段から落ちたことを思い出し、急に不安になってたずねた。

「赤ちゃんはどうなんですか?」

医者は眉《まゆ》をひそめた。

「妊娠しているのですか?」

「ええ、そう思います」ベスはふるえる声でいい、医者に自分の症状を話した。

医者はまたベスを念入りに調べ、検査する手配をした。

「今晩はここに泊まらなければなりませんよ。赤ん坊もだいじょうぶだとは思いますが、はっきり確かめる必要がありますからね」かれはベスの肩を軽くたたいていった。「心配することはありませんよ。任せておきなさい」

「あの、もしも主人と家族が部屋の外にいるんでしたら、赤ちゃんのことはまだいわずにおいていただけませんか」ベスは訴えるようにいった。

医者は眉をつり上げて、にっこり笑った。

「ご自分からおっしゃりたいわけですね。わかりました。しかしあなたのご主人をすぐにここへお呼びしないと、なにをなさるかわかりませんからね。あなたのご主人はあなたをここへ運びこまれてから、職員にあたりちらしているんですよ」

呼ばないで。ベスはそういいたかった。からだが弱ってなにもできないいまは、ジュードと会いたくなかった。けれど医者にそんなことをいえば不思議がられるだろう。ベスは目をつぶった。そして目を開けたとき、ジュードが青ざめた顔をしてそばに立っていた。

「気分はどうだい?」ジュードが張りつめた声でたずねた。

ベスは乾いた唇を舌でなめ、息を整えようとした。鎮静剤でも与えられているらしく、頭がぼんやりしていた。

「からだに力が入らないんです」

ジュードが手を伸ばし、ベスの手を軽く握った。ベスは自分の手を見て、また指輪がはめられていることを知った。

「けがはしていないといわれたが。それなら、どうしてきみは家に帰れないんだ?」ジュードが心配そうにたずねた。

「なにか……検査するみたいです」ベスがいった。

ジュードはベスの手をきつく握った。そしてあごを引き締めた。

「ああ、ベス……」

ジュードは不安になっているようだった。けれどベスはもう眠くてたまらなかった。ジュードに触りたくて、握られている手を離そうとした。けれどかれはベスのそんなしぐさを誤解した。

「ぼくがいっしょにいちゃいけないのかい?」ジュードは張りつめた声でたずねた。

けれどベスはもう目を開けていられず、ジュードの声も聞こえなかった。

またベスが目を覚ましたとき、部屋は暗かった。暗くて静かだった。ベスが目を開けると、クリスタルがコーラを手にして部屋に入ってきた。

ベスはすぐに目をつぶり、なにかいおうとしたが、クリスタルはすぐにベスのベッドにやってきた。

「お願い、興奮しないでちょうだい」クリスタルがつらそうな顔をして、優しくいった。

「お願いよ、ベス。帰るようにいわれたけど、わたしはあなたといっしょにいるわ。そうジュードにもいってあるのよ」

ベスは苦々しいため息をついて枕に頭をのせ、目をつぶった。寝たふりをしようかと思った。

「お願い、わたしの話を聞いてちょうだい」クリスタルが優しい声でいった。「お願いだから。わたしの話を聞いたあとで、わたしを出ていかせたいなら、看護師に代わりに来てもらうわ。それでいいかしら?」

「わたしはどこにもいけないのよ」ベスは弱々しくいって、顔をそむけた。

「ええ、そうね」クリスタルはベッドのそばに腰を下ろし、コーラを近くのトレーに置いた。「あなたが見たのは……誓っていうけど、ただの感謝の表現だったのよ。あなたがどう思ってるのか知らないけど、わたしはあなたの夫を奪いにきたんじゃなくてよ。たとえわたしにそんなことができるとしても」クリスタルは笑った。「ジュードはわたしなんかに見向きもしてくれないわ」

ベスは壁を見つめ、義理の姉が出ていってくれることを願った。

「今朝、ジャックから電話があったの。フランスにいる伯爵からね」クリスタルが優しい声でいった。「結婚してほしいんですって。想像できる？　ジャックはわたしとほんとうに結婚したがってるのよ」

その言葉に、ベスは初めてクリスタルに目を向けた。

「わたしが離れたことで、ジャックがそこまで寂しがるなんて、夢にも思わなかったわ」

クリスタルはもの静かな声で話しつづけた。「ジュードは、ジャックがわたしを気づかってるなら、そういうことになるだろうっていってくれたけど。わたしは何日もまえにあなたの家から離れたかったのよ。でもジュードが、もうしばらくいるようにっていったの。わたしをいさせることで、ジュードがあなたを嫉妬させようとしてるんだって思ってたわ。だからわざと、あなたを嫉妬させるようなことばかりしてたのよ」クリスタルは悲しげな笑みを浮かべた。「でも、思ってもみなかった結果になってしまったわ。あなたが……自分の殻に閉じこもってしまうんですもの。傷つかないように、わたしたちの誰もそばに近づけないようにするんだもの」

クリスタルはためらいがちに手を伸ばし、義理の妹の腕に触った。

「わたしはあなたに思いやりがなかったわね。あなたがわたしに帰ってもらいたがってることはわかってたのよ。でももう少し努力すれば、あなたと心が通い合わせられると思って、それでいつづけたの。わたしは話し相手がほしかったのよ、ベス」クリスタルはそういった。「なにもかも話せる人は、あなたしかいないんだもの」

ベスは涙ぐんでいた。

「どうしていってくれなかったの？」

クリスタルは目を伏せた。

「どう切り出せばいいのかわからなかったのよ。自分をつくろってるから。わたしはいつも楽しそうにしてるけど、それは見せかけだけのことなのよ。でも自分をさらけだすことができないの。とりわけ大事に思ってる人には」

「たとえばジャックのような人ね」

クリスタルは笑みを浮かべてうなずいた。

「わかるでしょう。ジャックはわたしを見せかけだけの女だと思ってたのよ。実質のない、うわっ調子な女だって、そういったわ。わたしは心を傷つけられて、ここにやってきたのよ。誰にも知られないように、傷ついてることは隠してたわ。ただジュードにだけは隠し通せなかったけど」もの静かな声でいった。「ジュードもひどく心を傷つけられたことがあったから、わかったんでしょうね」

ベスは目をつぶった。やるせない気持ちになっていた。

「お願い、わたしを嫌わないで」クリスタルがふるえる声でいった。「わたしは自分にできるやり方でジュードにお礼をしたのよ。あなたを傷つけるつもりなんてなかったわ」

ベスが手を伸ばし、クリスタルの手にそっと触れた。

「誤解してごめんなさい」ベスは小さな声でいった。「ひどいことをいってしまったわね」

「あなたはああいってとうぜんよ」クリスタルがいった。そして笑みを浮かべた。「でも、すごいけんまくだったわね」

「いままであんなことはなかったのに。ジュードのことで腹を立てると、あんなふうになってしまうのよ」

「ジュードがかわいそう」クリスタルがいった。「ジュードもつらい思いをしてるのよ」

「ジュードはここにいるの？」

「一日じゅういたわ。ついさっきまでね。食事をしに行ってもらったの。ジュードは胸を痛めてるわ。責任を感じて」

ジュードらしいことだった。自分のものになにかが起こると、責任感にさいなまれてしまうのだ。

ベスは苦々しい笑みを浮かべた。

「わたしはもうだいじょうぶよ。ジュードには家に帰ってもらって……」

「家に帰ってなにをすればいいの？」クリスタルがもの静かな声でたずねた。「ベス、あの人はあなたを愛してるのよ。あなたが階段から落ちたとき、見ていられないほど痛ましい顔をしてたわ。かれはあなたのそばから離れようとしなかったから、わたしが救急車を呼ばなきゃならなかったほどよ。救急車が来たときだって、ジュードはあなたのそばから離れようとしなくてたいへんだったの。さいわい、ケイティはあのとき家にいなかったけど」

「ケイティ」ベスはからだを起こそうとしたが、頭が痛み、また横になった。「かわいそうなケイティ。ケイティに電話してくれたの？」

「何時間もまえにね」クリスタルがいった。「ケイティはアギーといっしょに家にいるわ」

「わたしはばかなことをしたわね」ベスがうめくようにいった。「嫉妬にかられて、自分を見失ってしまったのよ」そういって、クリスタルの顔を見た。「あなたはわたしを許してくれるの？」

「あなたがわたしを許してくれるならね」クリスタルが優しくいった。「ああ、ベス、わたしはあなたにかないっこないことが、あなたにはわからないの？　あなたは優しくて、思いやりがあって、人の気持ちを大切にしてるわ。美しさは色あせるものよ。でも性格はそういうことにはならないわ」

ベスは腕を広げ、義理の姉を抱きしめた。

「ほんとうにもうだいじょうぶなのね」からだを離したとき、クリスタルが心配そうにいった。

ベスはうなずいた。

「よかった。わたし、朝になったらフランスに戻らなきゃならないのよ。伯爵が気持ちを変えないうちに戻らなきゃならないの。エメラルドの婚約指輪をくれるっていってるのよ」クリスタルはにっこり笑った。「いいでしょう」

「わたしも結婚式に出席できればいいんだけど」ベスはそういい、クリスタルとうちとけた会話をしていることで驚いてしまった。

クリスタルがにっこり笑った。

「あなたを一番に招待するわよ。ジュードに連れてきてもらいなさい」

ベスの笑みが消えた。

「ええ」

クリスタルがベスの手を握りしめた。

「ジュードにチャンスをあげるのよ。ジュードだってつらい思いをしてるんだから」

「責任を感じているでしょうね」

「それだけじゃないわよ。わたしのようにジュードを見たら、そのことがわかるわ。さあ、休みなさい。わたしはここに座ってコーラを飲んでるから。朝になったら、あなたはすっかり元気になってるわよ。そうでしょう?」

「ええ」

ベスは笑みを浮かべ、クリスタルのほっそりした手を握り、初めて安らかな眠りについた。

ベスがまた目を開けたとき、医者がいて、クリスタルが戸口から投げキスをしてきた。

「サンタクロースになったような気分がしますよ」医者はそういって、にっこり笑った。

「男の子と女の子のどちらがいいですか?」

「ほんとうに妊娠しているんですか?」

「ええ、妊娠なさっていますよ」医者はクスクス笑った。「悪い知らせではないようですね」

「まあ」ベスは笑みを浮かべ、子どものような笑いを浮かべた。「よかった」そういって腹に手を当て、すばらしい気分を味わった。

「起きていらっしゃるんですから、いまのうちにいっておきましょうか」

医者がベスの脈を計りながらいった。

「赤ちゃんは元気ですよ。あしたには退院できるでしょう。では、ゆっくり休んでくださ い」

11

ブラインドから太陽の光が射しこみ、ベスは身じろぎした。頭から爪先《つまさき》まで全身が痛み、つらかった。

ベスは目を開け、ジュードがベッド脇《わき》のイスにじっと座っているのを見た。ジュードの目は充血していて、肌が荒れていた。黒い髪が乱れ、着ているものもずいぶんしわが寄っている。

「ジュード」ベスが小さな声で呼んだ。

ジュードが心配そうな顔をして、ベスの目をのぞきこんだ。

「気分はどうだい？」

「少し痛みます」ベスはそういい、ジュードと目を合わせるのを避けた。「クリスタルはどこにいるんですか？」

「もうパリに向かっているよ。今晩きみに電話するそうだ」

「うれしいわ」

「昨夜クリスタルと話をしたそうだね？」

ベスはうなずいた。

「どうしてあなたにキスをしていたのかを、話してくれたわ。ひどいことをいって、ごめんなさい」

ジュードの手を取り、唇に近づけて優しいキスをした。

「きみが階段から落ちたとき、ぼくは拳銃《けんじゅう》で自分の頭を撃ち抜きたくなったよ」

「あなたのせいじゃありませんわ」ベスがふるえる声でいった。

「ああ、そうだな」ジュードはまたベスの手にキスをしたあと、そっとベッドに置いた。そして立ち上がると、大きく伸びをうって窓辺に行き、ブラインドを開けた。「今日退院していいそうだよ」

「よかった」

「きみに聞きたいことがあるんだ」ジュードはふりかえってベッドに戻った。「ベス」ベスを見つめながら、妙にためらいがちにいった。「アギーから聞いたんだが、きみは最近朝食を食べていないそうだね」

ベスはドキッとして、ジュードを見上げた。

「アギーがそんなことをいったの？」

ジュードはベスのそばに腰を下ろし、ベスの手を取って、またはめられている指輪に指を這《は》わせた。そして手を伸ばし、ベスの腹にそっと触れた。

「子どもができたんだろう？」ジュードは問いかけるような目をして、ベスの目をのぞきこんだ。

その言葉と低い声に、ベスは顔を赤らめた。

「ええ」ようやくのようにしていった。

ジュードはベスのからだをじっと見つめ、優しい笑みを浮かべた。けれど顔を上げたとき、その笑みは消えていた。

「どうしてぼくにいえなかったんだ？」

ベスはジュードの手の甲にそっと指を這わせた。驚いたことに、ジュードの手はふるえていた。

「怖かったんです」

「ぼくがか」ジュードはつらそうな顔をしていった。

「いいえ」ベスは顔を上げた。「あなたがわたしに縛りつけられるとお思いになるはずだから、それが怖かったんです。わたし……あなたがクリスタルを求めてらっしゃると思っていましたから」

「そしてぼくは、きみはぼくを求めていないと思っていたよ」ジュードがもの静かな声でいった。「きみがそういったからね」

「あなたのことがよくわからなかったからです」ベスがいった。そしてジュードに握られる手を見つめた。「あなたのお気持ちがまるでわからなかったんです。ご自分を抑えていらっしゃるから。あなたがなにを考えてらっしゃるのか、どう思われているのか、まるでわからなかったわ」

「それはおたがいにいえることだよ」ジュードはベスの手を強く握りしめた。「ぼくが指輪をはめたんだが、気づいてたかい？」

「ええ、ありがとうございます。わたし、本気でいったんじゃないんです。最近、感情にかられてしまうことがよくあって」

ジュードはベスの手を放し、そっと腹を撫《な》でた。

「もう動くかい？」

ベスは恥ずかしそうに笑みを浮かべた。

「まだですわ。ほんとうにかまわないんですか？」

ジュードも笑みを浮かべた。

「もちろんだよ、ベス。ぼくはそもそも最初から、きみと子どもを作りたいといっていたじゃないか」

「そのことについては、ひどいことをおっしゃいましたわ」ベスが指摘した。

「自分を守るためだったんだよ、ベス」ジュードはもの静かな声でいった。「まえにもいったと思うけど、きみをまえにすると、ぼくは自分を抑えきれなくなってしまうんだ。ぼくは自分のまわりに壁を作っていたんだが、きみはその壁を崩してしまった。そのときはそれが理解できずに、ぼくは気分を悪くしたんだ。だからきみにあたりちらしてしまったんだよ」

「それで、いまはどうなんですの?」

「きみにすまないことをしたと思っているよ」ジュードがいった。「ぼくがクリスタルをいさせたのは、フランスの恋人が寂しがって、連絡をしてくるだろうと思ったからなんだ。それに、きみを嫉妬《しっと》させられるかもしれないと思ってね」正直に認めた。「その結果がこんなことになるのがわかっていたら、クリスタルが来た日に、すぐに追い返していただろうよ。もしもきみがひどいけがをして、赤ちゃんまでなくしていたら、ぼくはもう生きてはいけないだろうからね」

「わたしがあのキスを見て、悲鳴をあげそうになっていたことは、ご存じなかったでしょう?」

「きみが悲鳴をあげても、むりはないね。クリスタルは恋人とよりが戻ったことでひどく興奮していて、その喜びを誰《だれ》かと分かち合いたがっていたんだ。きみには悪かったと思っている」ジュードはそういって、ベスの顔を探るように見た。「しかしクリスタルがぼくにキスをしていたんだよ。その逆じゃない。ぼくは……ほかの女には興味がないからね。

ぼくにはきみしかいないんだよ」

その言葉に、ベスは顔を輝かせた。ジュードは愛情のこもる目でベスを見つめ、腹にあてた手をゆっくりと胸に近づけていた。ジュードの顔が下がり、ベスはかれのキスを迎えようと顔を上げた。

そのときドアが開き、医者が笑みを浮かべて入ってきた。医者はふたりが顔を赤くしているのを無視して優秀な産婦人科医の名前を告げ、ジュードにおめでとうといって、ベスにビタミン剤を手渡した。

「きちんと食事をするんですよ」医者がいった。「あなたはやせすぎていますからね」

「むりやりにでも食べさせますよ」ジュードがいった。

ベスがジュードをにらみ、医者は笑った。

「いいご主人ですね」医者は笑いながらいった。「いまいった産婦人科医に連絡して、診察時間の予約をとっておいてください。妊娠はからだを大切にしなければなりませんよ。自然分娩に興味がおありでしたら、この病院で講座を開いています。担当の産婦人科医も詳しく説明してくれるでしょうが」

「興味があります」ベスがいった。

「ぼくもです」ジュードがそういって、ベスに目を向けた。「ふたりいっしょに出席させていただきますよ」

ベスはジュードの言葉にうれしいショックを受けた。医者が立ち去ると、ベスは頭がボーッとしてしまい、ジュードになにもかもをしてもらって、家に帰った。

家のなかに入ったとたん、ベスはケイティに抱きしめられた。いままでとはちがった感じがした。なにもかもが変わっていた。ジュードは誇らしげな父親のようにふるまって、たえずベスに気をつかっていた。それだけではなかった。翌日の日曜日、ベスがケイティといっしょに教会に行こうとすると、ジュードがグレーのスーツを身につけて、階段の下でふたりを待っていたのだった。

「あなたもいらっしゃるんですか？」ベスがびっくりしてたずねた。

ジュードはベスをにらんだ。

「男が家族を教会に連れていっちゃいけないのかね」

「いいえ、そんなことはないわ」

「じゃあ、出かけよう。ぐずぐずしていたら、遅くなってしまうぞ」

ケイティはクスクス笑ったが、父親には聞こえないようにしていた。アギーは信じられないといった顔をして、首を振っていた。

三人が出席した教会の神父は、ジュードがかれの家族といっしょに最前列の席に座っているのを見て、ぽっかり口を開けた。けれどもすぐ自分を取り戻して、満面に笑みを浮かべた。

ハンサムな夫の隣に座っているベスは、有頂天になっていた。ジュードが教会までいっしょに来てくれたためだった。冷ややかで、いかめしかった男が、そこまでベスを気づかってくれているからだった。

ベスがジュードに顔を向けて笑みを浮かべると、かれもベスを見て、ニッコリ笑った。ささやかな笑みだったが、病院から戻って以来分かち合っている親しげな関係以上のものを求めているベスにとっては、十分すぎるものだった。

その夜、ベスはケイティをベッドに寝かせると、いつもより早くケイティの部屋を出た。嘘《うそ》をいうつもりはなかったが、ケイティには頭痛がするのだといった。

ベスがジュードのベッドルームに入ると、シャワーの音が聞こえた。ベスは足がふるえてしまったが、ドアを閉めると鍵《かぎ》をかけた。

ジュードのベッドルームには黒っぽい家具と大きなベッドがあった。ベスはベッドを見て、顔を赤らめた。ジュードのベッドに入ることを、ずっと考えていたためだった。ベスはサテンのローブをかき寄せると、隣接するバスルームに向かった。

ジュードはガラス戸を閉めてシャワーを浴び、髪を洗っていた。ベスはガラス戸のそばのスツールに腰を下ろし、興奮に胸をふるわせていた。ガラス戸はほとんど透明で、ジュードの生まれたままの姿がはっきり見えるのだった。

やがて、シャワーが止められた。ジュードはガラス戸を開けて、びっくりして立ちつくした。

ベスは笑みを浮かべた。あとずさったりはしなかった。

「こんばんは」優しい声でいった。

「やあ」ジュードはそうつぶやいて、タオルに手を伸ばした。

「ばつの悪い思いをなさっているんじゃないんですか?」ベスは大胆にジュードを見つめていった。

ジュードは少し考えているようだったが、淡いグリーンの目でベスのからだをなめるように見た。

「ああ、そんなことはないよ。きみにはね」

ジュードが尻のひきつれを気にしているのを、ベスは知っていた。尻のひきつれが、ジュードのプライドを傷つけていることを。ベスはスツールからゆっくり立ち上がり、ジュードのまえに立った。そしてかれの手からタオルを取った。

「ジュード……」ベスは目がくらみそうだった。

ジュードがベスの手を引き寄せた。

「きみはここまで歩み寄ってくれたのか」

ベスは息をあえがせながら、ジュードの顔をじっと見つめた。

「今晩、あなたと愛しあいたいんです」ささやき声でいった。「心の準備ができたら、来るようにとおっしゃっていたでしょう?」

ジュードは胸を大きく上下させながら、口もとに笑みを浮かべた。

「これは誘惑かい?」

「ええ、そんなものなの」ベスはそういって、ジュードを食い入るように見つめた。「わたしを導いてください。こういうことに慣れていませんから」

「じゃあ、もう黙っているんだね」ジュードはそういって、ベスのからだを眺めた。

ベスもジュードのからだを眺め、顔を赤くした。

赤くなったベスを見て、ジュードが笑った。

「きみからしかけたことなんだぞ。さあ、そのローブを脱ぐんだ」

「でも、あなたはまだ濡《ぬ》れているわ」

「ぼくはばかげたことを考えていてね。妊娠している裸の女に、からだを拭《ふ》いてもらいたいんだよ」かれはかすれた声でいった。「さあ、脱ぐんだ。ぼくは尻にひきつれがあっても、気にしていないんだから、きれいなからだをしているきみは、いったいなにを気にすることがあるんだ」

ベスは手を伸ばし、ジュードの唇に指を這わせた。

「あなたは完璧《かんぺき》です」もの静かな声でいった。「わたしはあなたのすべてを愛しています。あのひきつれは、あなたの勇気のあかしです」そういって、笑みを浮かべた。「あなたのことをもっとよく知ったら、あのひきつれにもキスをするわ」

　ジュードはうれしそうに笑った。

「もっとよく知ったらだって？」

「わたしたちはまだ二回寝ただけなんですもの」ベスがいった。「まだ他人のようだわ」

「きみがそのいまいましいローブを脱いだら、早く知り合えるようになるよ」

　ベスはため息をついた。

「わたしにからだを拭かせてくださらないんですか？」

　ベスはジュードの顔を見つめながらベルトに手をかけ、ローブをはだけて脱いだ。ジュードは息をのみ、荒い息づかいをはじめた。

「ああ、ジュード」ベスがふるえる声でいった。

　ジュードはベスをつかみ、強く抱きしめて、唇を求めた。

「ぼくにはきみが必要なんだ」ジュードはあえいだ。「きみがほしくてたまらないんだよ」

　ベスがふざけてジュードの唇をかわしつづけると、かれは髪をつかんで引っ張り、思いきり唇を押しつけて、彼女に口を開かせた。ジュードにきつく抱きしめられ、ベスは欲望を目覚めさせられた。ひざに力が入らなくなってしまっていた。

「がまんできないよ」ジュードはそういって、ベスを抱き上げた。「悪いけど、もうがまんできないんだ」

ジュードはベスをベッドルームに運び、ベッドに横たえると、彼女の腕を広げておおいかぶさった。

「赤ちゃんが」ベスがためらいがちにいった。「優しくしてくださいね」そういいながらも、ベスの手はジュードのたくましいからだを撫でまわしていた。そしてかれの手をつかむと、自分の腰にあてさせた。「林のなかでしたようにしてください」

「ベス」ジュードがうめき、唇を重ねた。

「愛しています」ベスはジュードの唇を求めながらいった。「愛しています」

「自分がなにをいっているのか、わかっているのかい？」ジュードはささやき返すと、からだの位置を変えて、ベスのなかに入りこんだ。

「わかっています」ベスは顔を上げ、からだを弓なりに反らせて目を開けた。「わたしを愛してください。ほんの少しでいいから」ベスはジュードにささやいた。「ほんの少しでいいんです」

ジュードが腰を激しく動かしはじめたので、ベスはうめいた。

「これが愛なんだよ、ベス」ジュードがかすれた声でいった。「これがふたりの愛なんだ。きみはぼくの人生、ぼくの心、ぼくの世界なんだ」

そういわれたとたん、ベスの全身は燃えるように熱くなった。自分を見つめるジュードの優しい目に真実を見た。

「ジュード……」そういって、ベスはジュードにすがりついた。

「ぼくといっしょに腰を動かすんだ」ジュードは唇を近づけ、あえぎながらいった。「そうだ。それでいいんだ。ベス、ベス、ぼくはきみを愛しているよ。愛しているんだ……」

ベスは身も心もジュードとひとつになった。やがて目のまえが虹色に輝いたかと思うと、すばらしい歓喜の爆発を迎えた。

そのあと、ベスは時間のたつのもすっかり忘れてしまった。ほんのひと息ついただけで、また情熱の炎が燃えあがり、ふたりはさっきよりも激しく愛しあうことになった。愛撫《あいぶ》はさらに濃厚になり、キスはむさぼるようなものになり、あえぎや、うめきや、むせび泣きは、さっきよりも大きなものになった。やがてジュードは自分を抑えきれなくなり、ベスのふるえるからだの上でうめくと、こらえていたものを一気にほとばしらせて、ベスが求めつづけた深い満足感を与えた。ようやくふたりは疲れきって、抱きあったまま、眠りに落ちていった。

ジュードが目を覚まし、ベスを起こしたときには、太陽の光はブラインドから射しこんでいた。ふたりは鳥のさえずりを聞きながら、また愛しあった。夜のようにすばらしかった。ふたりは愛に満ちていた。

「ぼくは独身でいるのを気に入っていたんだがな」ジュードはそういって、歓喜の余韻を楽しんでいるベスの髪をまさぐった。

ベスはジュードの胸にキスをした。

「これからは、結婚してよかったと思うようにしてあげるわ」

ジュードはベスの顔を優しく撫でた。

「クリスマス以来だね、きみのほうから近づいてきてくれたのは。それまでは、いつもぼくのほうから近づいていたんだ。きみがぼくを求めて、ぼくのベッドルームに駆けこんでくるのを、ずっと願いつづけていたよ」ジュードはそういって笑った。

「わたしも同じことを願っていたわ」ベスは正直にいった。「でも、あなたのことがよくわからなかったんです。あなたが結婚したくなかったことがわかっていましたから。どれほどわたしがあなたを思っているかが知られたら、それにつけこまれるような気がしてしまって。それにクリスタルのことで腹を立てていましたし」

ジュードはベスの額に優しくキスをした。

「ベス、きみがこの家に来たとき、じつはぼくは結婚したことがいやでたまらなかったんだよ。しかし最初の数週間が過ぎると、きみ以外のことはなにも考えられなくなっていた」かれはそういって、笑みを浮かべた。「いままで飾ったこともないツリーも買ったし、きみがほしがった絵を苦労して手に入れたし、きみがケイティにドレスやパーティに興味をもたせるのも許した。なにもかも、ぜったいにするつもりのなかったことばかりだよ。ぼくはきみがケイティといっしょに楽しく遊んでるのを見た。ぼくもいっしょに遊びたかったが、いままでそんなことをしたことがないから、どうすればいいのかわからなかったんだ」

ベスはジュードの肩を軽く噛《か》んだ。

「ケイティとわたしが教えてあげます」

「ぼくはきみに気に入られようと必死だったんだよ」ジュードはそういって、いままでベスに見せなかったようなつらそうな顔をした。「しかしきみに近づけなかったんだ。それにあの夜、きみはぼくを求めていないといったし……」

ベスはジュードの唇に指をあてた。

「あなたがほしくてたまらなかったんです。ずっとそうでした。十五のときからずっと」

ベスは心に秘めていたことをうちあけた。「それがいつ愛に変わったのかはわかりません。でも、ひとつだけはっきりわかっていることがあります。わたしはあなたと離れて生きていくことができないんです」

ジュードはベスの唇に指を這わせた。

「それを聞いてうれしいよ。ぼくももう、ひとりきりでは寝られないからね。これからはいつもいっしょに寝てくれるかい？」

「ええ、わたしひとりじゃありませんけど」

「どういうことだね」ジュードは眉《まゆ》をつり上げた。

ベスは笑みを浮かべて、ジュードにからだをすり寄せた。

「おなかのなかに赤ちゃんがいるんです。ケイティは大喜びしていますけど、お気づきになっていました？」

「ああ。ぼくもうれしいよ」ジュードはそういって、ベスを抱き寄せた。

「わたしはセクシーですか？」

「もちろんだよ」ジュードは笑った。「きみがカボチャのようになっても、まだきみを愛するよ。きみのからだに、腕をまわしきれなくならないことを願うがね」

ベスはうれしそうに笑った。

「年をとって孫ができたら、わたしたちのことが話せるわね。あなたがわたしをさらって、むりやり結婚させたことをいったら、孫たちはどんな顔をするかしら？」

「そんなことをしたら」ジュードが顔をしかめていった。「きみがぼくを誘惑したことをいうぞ」

「裏切り者」

ジュードはニッコリ笑い、ベスに顔を押しつけた。

「ふたりの秘密にしておこう。ふたりだけのね。そして年をとったら、きみの耳もとにささやいて、きみが孫たちのまえでまっ赤になるのを眺めさせてもらうよ。そうすれば、ぼくたちは若返るさ」

ベスはジュードの目を見つめ、いつくしむようにその頰《ほお》を撫でた。

「死ぬまであなたを愛しつづけるわ」

ジュードが優しいキスをした。

「ぼくもだよ」そういって、からだを起こし、大きく伸びをうった。「朝食にしようか。そのあとサンアントニオに行って川の見えるレストランで昼食を食べよう」

「またわたしをなじらないって約束してくださるんなら」

「妊婦にそんなことができるものか」ジュードはそういって立ち上がり、笑みを浮かべてベスのからだをゆっくり眺めまわした。「きみはかわいいよ。きみを見ていると、頭がおかしくなってしまいそうだ」

ベスは枕《まくら》に頭をのせ、せつないため息をついて、脚を広げた。

「ほんとうなんですか？　とてもうれしいわ。横になって、そのことを話してくださいませんか？」

「魔女め」

「このベッドは大きすぎて、ひとりでいると寂しいんです」

「ぼくは電話しなきゃならないんだよ……」

「胸がせつないんです」

ジュードはベスのそばにからだを横たえた。

「電話なんかどうだっていいさ。ぼくも胸がせつないんだ」

ベスが口を開け、ジュードが唇を重ねた。ベスは血管のなかをシャンパンが流れ、生気と歓喜に泡立っているような気がして、笑みを浮かべた。ジュードは血も涙もない無情な男ではなかった。

●本書は、1986年8月に小社より刊行された作品を文庫化したものです。

雨の日突然に
2024年4月15日発行　第1刷

著　　者／ダイアナ・パーマー
訳　　者／三宅初江（みやけ　はつえ）
発 行 人／鈴木幸辰
発 行 所／株式会社ハーパーコリンズ・ジャパン
東京都千代田区大手町1-5-1
電話／04-2951-2000（注文）
0570-008091（読者サービス係）
印刷・製本／中央精版印刷株式会社
表紙写真／© Jura Vikulin | Dreamstime.com

ISBN978-4-596-54025-6

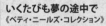

初恋は秘めやかに
ダイアナ・パーマー
野原はるか 訳
あのリンダ・ハワードをして
「誰にも真似できない」
と言わしめた、
大スター作家ダイアナ・パーマーの
幻のヒストリカル！
孤児のレイシーの初恋相手は
兄のような存在のコール。
出征した彼を一途に
待ち続けたすえに結婚するが、
初夜を最後に触れられなくなり、傷心。
だが別居先に夫が現れ…。
1920年代アメリカが舞台の、
ヒロインの
ひたむきな愛が光る感動傑作で、
ヒーローの弟妹の恋愛も楽しめる
読み応え充分の
群像ロマンスです。
巻末に
特別付録！
ダイアナ・パーマー
全作品リスト一挙掲載！
ロマンスの巨匠、幻のヒストリカル
3/20刊